www.tredition.de

AF198321

Dieter   Schreier

Vom Leben gezeichnet

Begreifbare (Kurz-)Geschichten und Gedichte

.. lebendig, tiefsinnig und manchmal

erschreckend wahr ...

www.tredition.de

© 2017 Dieter Schreier

Verlag: tredition GmbH, Hamburg

ISBN
Paperback: 978-3-7345-9584-4

Printed in Germany

Vom Leben gezeichnet

Begreifbare (Kurz-)Geschichten und Gedichte

Widmung:

„Vom Leben gezeichnet" ist all denjenigen Personen geschuldet, die -besserer Optionen wegen- Menschen einfach ablegen wie einen alten Mantel.

Egal ob Kollegen, Freunde oder Verwandte – wenn es zum eigenen Vorteil gereicht oder zum allgemeinen Tenor gehört, ist schnell ehemalige Verbundenheit vergessen.

Die durch solches Verhalten ausgelöste Traurigkeit war Nährboden einiger Inhalte dieses Buches.

Ihr Treulosen der Welt mögt mir verzeihen: Widmen kann ich Euch dieses Buch nicht!

Diese Ehre soll uneingeschränkt der Frau an meiner Seite zuteilwerden.

Danke Sonja!

Vorwort:

Für Künstler gibt es unterschiedliche Arten, ihr Leben, ihre kreative Seele, ihre Träume auszudrücken. Während der Maler seinen Gefühlen auf der Leinwand Ausdruck verleiht, versucht der Bildhauer gleiches mit seiner Skulptur.

Musiker verpacken ihre Lieb- und Leidenschaften in Lieder und Tonfolgen, Lyriker erzählen mit Worten was sie bewegt.

Ich tue beides. Obwohl ich mich hauptsächlich als Musiker und Komponist verstehe, bleiben doch manche Einfälle als Geschichten oder Gedichte im Wortstadium hängen. Und das ist gut so, würde Musik außenherum doch oft vom Kern der Sache ablenken.

Kurzgeschichten, vor allem aber Gedichte, sind oft meinen plötzlich auftauchenden „Gedankenblitzen" geschuldet. Immer dann, wenn eine Idee, ein Gefühl, eine Handlung, ein Reim im Kopf nebulös Gestalt annimmt heißt es, diesen Gedanken rasch zu Papier zu bringen.

Manchmal wird daraus eine kurze, manchmal eine längere Geschichte. Genauso „passieren" Gedichte: Einfach so, aus dem Kopf heraus …

Diese im Lauf der Jahre entstandenen und gesammelten Geschichten und Gedichte sind nun hier zusammengefasst.

Wer noch dazu mein erstes Buch „Vater-Mutter-Kind" gelesen hat, findet dort sicher den einen oder anderen Beweggrund für dieses Sammel-Werk.

Für all diejenigen, denen „Vater-Mutter-Kind" nicht geläufig ist, sind im Anhang Hintergründe und Erläuterungen zu den Gedichten beigefügt.

Inhaltsverzeichnis:

Kurzgeschichten:

Wo bitte geht es nach Schronsig?

„Ich möchte nach Schronsig", sagte der Fremde und tippte grüßend mit dem Zeigefinger an die Hutkrempe. Doch die Alten auf dem Dorfplatz schienen ihn nicht gehört zu haben.

„Entschuldigung, wo geht es nach Schronsig?" fragte der Fremde erneut.

Der Höflichkeit halber, nahm er dazu den Hut ab.

Trotzdem nahmen die Alten keinerlei Notiz von ihm.

Entweder mochte man hier keine Fremden oder der Dorftratsch war wirklich rasend interessant.

Nochmals versuchte es der Fremde: „Wo bitte geht es nach Schronsig? Muss man nach dem Dorf links abbiegen oder den anderen Weg benutzen?"

Wortlos drehten sich die Alten um. Keiner blickte den Fremden an, selbst das Getuschel war verstummt.

Kopfschüttelnd, ohne eine Antwort erhalten zu haben, ging der Fremde weiter.

Am Dorfende zögerte er kurz. Dann entschied er sich für den nach Westen abbiegenden Weg.

Unschlüssig, ob er mit seiner Entscheidung richtig oder falsch lag, ging der Fremde voran.

Hätte er sich nochmals umgedreht, wären ihm die Alten hinter dem letzten Gehöft sicher aufgefallen. Neugierig und etwas verstohlen blickten sie dem Fremden nach.

„Siehst du," sagte einer der Alten zum anderen, „die Fragerei hätte er sich sparen können!"

„Vielleicht wollte er uns aushorchen?", meint der andere.

Möglich, denn der Weg, den der Fremde eingeschlagen hatte, führte direkt nach Schronsig.

Charlotte

Das Hundegebell war kaum auszuhalten. Ohne Unterlass, mit hochgezogenen Lefzen und weit aufgerissenen Augen kläffte der struppige Köter über den Mauerrand. Der heiße Atem des Hundes formte wehende Nebelwölkchen in die kalte Herbstluft.

„Wau! Wau! Wau!" - mit scheinbar starrem Blick über den sich schier unendlich erstreckenden Wald. Und von tief unten, aus den Tiefen hinter dem Felsvorsprung, wie aus den Baumwipfeln heraus, schienen die klagenden Rufe des Fellgesichts reflektiert zu werden.

Ein seltsam klares Echo, das zu dem Hund zurück hallte.

Die Vorderpfoten auf der Mauer, den Hundekörper so langgestreckt wie nur möglich, schob die braungefleckte Promenadenmischung den Kopf Richtung Abgrund.

„Wau, wau, wau!". Kurzes Hecheln, Schnaufen, schon ging der tierische Klagegesang weiter. „Wau, wau, wau!". Gefolgt vom eigenen Echo, das von unten, vom Wald herauswallend, der Situation sonderbare Unheimlichkeit verlieh.

Ganz alleine stand der Hund an der Mauer. Suchend, fordernd, flehend stand er da, im oberen Teil der Burgruine. „Wau, wau, wau!", Nebelwölkchen aus dem Maul schickend und ohne Unterlass auf die Erlösung wartend. Seine Erlösung.

Reif, der sich auf die Haarspitzen des Fells gelegt hatte, schimmerte mal glasig, mal in den unterschiedlichen Brauntönen des Fells in der aufgehenden Sonne. „Wau, wau, wau!" hallte das Gebell, gespiegelt vom Echo, rund um die Burgruine und über den weiten Wald.

Den Körper gleichsam eingefroren, nahm das Tier weder Notiz von der gerade aufgehenden Sonne noch von dem Mann, der weiter unten, am Durchlass zur oberen Wehranlage, mit dumpfem Blick zu seinem Hund emporschaute.

„Das also ist mir geblieben," drängten sich quälende Gedanken hinter der Stirn des Wartenden. Wobei - nein. Der Mann schien eher verloren, desillusioniert zu sein, als zu warten. Wenn überhaupt, dann wartete der Mann auf ein Ende des Hundegebells.

Denn, als wäre es nicht schon schmerzhaft genug, erinnerte jeder Laut, jedes Hecheln und jedes „Wau, wau" an den Verlust.

„Irgendwie hat es Jimmy leichter als ich,", dachte der Mann, während er langsam die ausgetretenen Granitstufen Richtung Burgmauer emporstieg. „Jimmy hofft noch!", wurde sich der wie von einer schwerer Last Gebeugte bewusst.

Selbst wenn es tierisch nervte. Der Hund hatte das ganze Ausmaß der Katastrophe noch gar nicht erfasst. Der Hund registrierte lediglich das Fehlen von etwas sehr sehr Wichtigem. Dass dies aber nie mehr zurückkommen würde, das wusste der Hund nicht. Jimmy hoffte!

Und so richtete der Mischling weiter starrköpfig seine Klagelaute in den Morgenhimmel, schickte seine animalischen Hilferufe über die Baumwipfel ins Land.

Hier, bei diesem Mauerrest war es passiert. Exakt an der Stelle, die der Hund für sein Klagelied ausgewählt hatte, war das Unfassbare geschehen. Es schien, als ob sich Jimmy dessen voll bewusst war.

Doch solch tiefschürfende Gedanken über die Ahnungen seines Hundes machte sich der einsame Mann in diesem Moment nicht. Die Hände tief in den Taschen des grauen Tweed-Mantels vergraben, stieg der Mann, einem gebückten, alten Greis ähnelnd, seinem Vierbeiner entgegen.

Mit glasigen, hohlblickenden Augen, die ihre Umwelt nur beiläufig, trübe wahrnahmen. Zu voll war der Kopf. Voll und gefährlich zerwühlt von Schmerz und Unverständnis.

„Jimmy, aus!", rief der Mann seinem Hund entgegen. Fast so, als würden mit dem Ende des Gebells auch die quälenden Erinnerungen verblassen. Fast so, als wäre die Welt wieder wie vor ein paar Tagen. Fast so, als würde alles Ungeschehen werden, sobald Jimmy seine Rufe nach dem Frauchen einstellt.

Am Rand der Mauer angelangt, kniete sich der Mann neben seinen Hund. Doch weder die vorsichtig aufgelegte Hand, noch die Nähe seines Herrn machten dem Klagegebell ein Ende. Als der Mann verloren zärtlich über den Kopf seines Mischlings strich, fiel sein Blick auf das breite Halsband des Hundes.

Gefolgt von einem Stich, direkt ins Herz: „Ich bin Jimmy und gehöre zu Charlotte. Tel. 0156-2436877" war im Halsband als Erkennungsmerkmal eingestickt.

Charlotte! Unendlich tief, fast wie ein Ertrinkender, saugte der einsame Mann die kalte Morgenluft ein. Charlotte!

Ohne ein Auge für den aufsteigenden, glühenden Sonnenball zu haben, stierte der Mann Richtung Horizont. Charlotte!

„Hör auf, Jimmy!". Eher bittend, denn als Kommando, waren die gehauchten Worte an den Hund gerichtet.

Und tatsächlich. Jimmy, der offenbar überrascht war, sein Herrchen auf einmal neben sich zu entdecken, stellte sein Gebell ein. Vorsichtig, ja fast schon zart, begann Jimmy mit den Schwanz zu wedeln und drehte den Kopf zu seinem Herrchen. Der Mann, immer noch kniend, blickte daher Aug in Aug ins Gesicht seines vierbeinigen Freundes. „Ach Jimmy,", flüsterte der Mann, „Du bist das Einzige, was mir noch geblieben ist.". Tränen liefen über das ausdruckslose Gesicht des Mannes. Tränen, die der Hund, als würde er den Schmerz seines Herrchens verstehen, vorsichtig von dessen Wangen abschleckte. Fast so, als würden diese Tränen nach dem Frauchen schmecken. Nach dem Frauchen, das -warum auch immer- nicht da war.

Stumm ließ der Mann die Empfindsamkeit seines Hundes über sich ergehen.

Wobei mit einem Blick auf die eigenen Hände, schlanke aber kräftige Hände, der nächste Stich in Seele und Herz traf. Denn wie durch einen sich öffnenden Schleier bemerkte der Mann, dass er gedankenverloren mit dem Ring an seinem Finger gespielte. Golden, mit einer eleganten Doppelrille in der Mitte, drehte sich der Ring zwischen den Fingern seiner rechten Hand.

Bilder, unzählige Bilder und Erlebnisse huschten durch die Erinnerung des Mannes, während der Ring monoton, mechanisch zwischen den Fingern kreiste.

Es war ein eigenartiger, bizarrer Anblick, der sich einem möglichen Beobachter geboten hätte: Ein kniender Mann im grauen, langen Mantel, angelehnt an die Mauer einer Burgruine. Dazu ein Hund, der das Gesicht des Mannes fast schon behutsam aber ohne Unterlass abschleckt, während der Mann selbst offenbar nur den Ring an seinem Finger wahrnimmt.

So, als würde dem Mann diese Situation just bewusstwerden, richtete er sich mit einem Mal auf. „Ich glaube, wir sollten langsam gehen." wandte er sich an seinen vierbeinigen Gefährten. Währenddessen er, ohne Vorsatz, unbewusst, gedankenverloren, den Ring vom Finger zog.

„Charlotte&Nick" las der Mann stumm aus der Innenseite des goldenen Schmuckstücks. „Charlotte&Nick" - woraufhin ein stummer Weinkrampf den Mann schüttelte. Jimmy, als würde er genau Bescheid wissen, hatte die Vorderpfoten von der Mauer genommen und stand nun, als stummer Tröster, neben seinem Herrn.

„Charlotte&Nick".

Noch vor wenigen Tagen war die Welt, zumindest für die beiden nach wie vor Verliebten, rundherum in Ordnung gewesen. Niemand, kein vernünftiger Mensch, hätte bis vor einigen Tagen auch nur halbwegs erahnen können, was nun unabänderliche Realität war.

Jimmy, Charlotte und Nick - ein Triumvirat des Glücks und der Harmonie. Jimmy, Charlotte und Nick - drei zuversichtliche, unbeschwerte Zeitgenossen. Mit unzähligen Visionen, Zielen und gemeinsamen Absichten.

Noch vor genau einer Woche hatte Charlotte Pläne für den Sommerurlaub geschmiedet. Natürlich kam nur ein Reiseziel in Frage, bei dem Jimmy mitkonnte. Und natürlich mussten Wasser und Strand in der Nähe sein.

Noch vor kaum einer Woche wartete eine glückliche, erfüllende Zukunft darauf, von Charlotte, Nick und Jimmy erobert zu werden. Denn das hatten sie gerne und leidenschaftlich getan. Die Welt erobern. Zu dritt, ohne Scheu und auch gerne mal gegen den Wind. „Wer zur Quelle will, muss gegen den Strom schwimmen!", hatte Charlotte als ihren Leitspruch ausgegeben. Und so gelebt.

Noch vor ein paar Tagen waren alle drei, Charlotte, Nick und Jimmy, diesem Wahlspruch freudig und oft kompromisslos gefolgt. Was sollten die Bedenken anderer schon bewirken? Nichts.

Charlotte und Nick genossen das „etwas-anders-sein" und störten sich auch nicht daran, wenn Unbeteiligte den Kopf über sie schüttelten.

Egal! Und immer dabei war Jimmy, der auf seine Art ebenso außergewöhnlich, vielleicht sogar ebenso verrückt wie Herrchen und Frauchen war.

Bis vor ein paar Tagen.

Bis vor zwei Tagen, um genau zu sein. Sonntag, vor kaum mehr als 48 Stunden, waren die drei noch frohen Mutes zu ihrer Wochenendwanderung aufgebrochen. Zur obligatorischen Wochenendwanderung. Die dazu gehörte, wie auch der mit Verpflegung und mancher Leckerei gefüllte Rucksack, der jedes Mal Nicks Rücken zierte.

Wie immer, wenn eine Ganztagestour anstand, hatte sich das Trio frühmorgens aufgemacht. So früh, dass „auf jeden Fall der Sonnenaufgang drin sein muss!", lautete Charlottes Vorgabe. Raureif, Morgennebel, Stille, erwachende Natur - all das gehörte zum Pflichtprogramm, waren Charlotte, Nick und Jimmy on tour. Querfeldein, über Flur- und Wiesenwege, den Wald hoch bis zur Burgruine, hatte am Sonntag der Weg geführt. Gerade einmal zwei Tage war das her.

„Fast zur gleichen Zeit wie heute," ging es Nick nach seinem Weinkrampf durch den Kopf. „Fast exakt zur gleichen Zeit waren wir am Sonntag hier oben." Jimmy war durch den Burghof der Ruine getobt, hatte an allen möglichen Ecken markiert und war jeder nur möglichen Spur nachgeschnüffelt. Charlotte und Nick hatten sich an den Rand der Burgmauer gelehnt, die Arme gegenseitig um die Hüften geschlungen und hatten über das Meer von Bäumen gen Osten geblickt. Gen Osten, wo aus einem mageren Dunst die Sonne glühend rot aufgegangen war.

„So müsste jeder Tag beginnen!", erinnerte sich Nick nun an Charlottes Worte. Während dieser Nachgeschmack an den Sonntagmorgen klar und deutlich vor seinen Augen erschien, war die Realität für Nick in diesem Moment kaum mehr als ein dicker, trüber Schatten. Zäh, breiig und undurchdringbar.

„Komm, lass uns einen Schluck Kaffee trinken," hatte Charlotte noch gesagt.

Nick, der vor Schmerz Blei in der Brust verspürte und wie betrunken, betäubt neben seinem Hund stand, hörte die Worte seiner Frau in den Ohren klingen. Genauso, wie er -oh welch üble Streiche spielt einem das Gehirn- meinte, den Kaffeeduft von Sonntagmorgen in der Nase zu haben.

Aber da war kein Kaffee. Da war niemand. Nichts. Nur er und Jimmy. „Und auch wir sind nichts!", stellte Nick mit einem Blick auf seinen Hund fest. „Ach Jimmy, ohne Charlotte sind wir nichts!".

Der braune Mischlingsrüde, voller vermeintlichem Verständnis für sein Herrchen, stupste dessen Hand mit der Schnauze an und rieb seinen Körper an Nicks Bein.

„Wenn Du doch nur reden könntest,", setzte Nick seinen einseitigen Dialog mit Jimmy fort. „Vielleicht könntest Du mir sagen, was da am Montag passiert ist."

Aber Jimmy, der die Stimmung seines Herrchens wohl wahrnehmen konnte, jedoch dessen Sprache nicht mächtig war, wedelte nur hilflos mit dem Schwanz und antwortete mit einem halb gähnenden, halb winselnden Laut.

„Woher weißt Du eigentlich, dass dies hier die Stelle ist?", fragte Nick gedankenverloren seinen Hund. Ja, woher eigentlich? Konnte Jimmy sein Frauchen noch riechen? Konnte er ihre Spur noch wahrnehmen? Oder ahnte der Hund einfach, dass hier etwas Schlimmes, etwas Unwiderrufliches passiert war?

Vor allen Dingen: Warum stellte sich Jimmy mit den Vorderbeinen auf den Mauerrand? Und warum bellte er fragend und klagend in immer die gleiche, trefflich richtige Richtung?

Nick wusste es nicht. Und eigentlich war es auch egal. Sich aber mit diesen Fragen zu beschäftigen, eine Erklärung für Jimmys Verhalten zu suchen, war immer noch besser, als in dem Schmerz gänzlich zu versinken. Denn bis zum Hals steckte Nick sowieso schon in Pein und Kummer. Viel fehlte da nicht mehr....

Ganz hinten, ganz tief unten, ganz weit verborgen in seiner Seelenwelt war schon ein paar Mal der Gedanke aufgeblitzt, der verdammten Hoffnungslosigkeit ein Ende zu bereiten. Ganz einfach. Schluss! Aus! Amen!

Latent, heimlich, aber trotzdem nicht zu überhören, war diese Möglichkeit der Erlösung aufgetaucht. Warum eigentlich nicht? All die Sinnlosigkeit wäre ein für alle Mal beendet. „Vielleicht," hörte Nick sein anderes Ich stumm argumentieren, „Vielleicht stimmt es ja. Vielleicht trifft man sich nach dem Tod tatschlich wieder." Tatsächlich, das war unzweifelhaft eine verlockende Option. Die(!) Chance, schnell wieder bei Charlotte zu sein. „Es wäre nur ein einziger Schritt", offerierte Nicks zweites Ego die Möglichkeit.

Wie auf Kommando, weckte Jimmy sein Herrchen aus dessen gefährlichen Überlegungen. Mit einem leisen Winseln und einer stupsend, auffordernden Nase machte der braune Mischling auf sich aufmerksam. Nick musste sich ein-, zweimal schütteln, ehe er gewahr wurde, wo er sich befand. Durch all den Schmerz, trotz des pochenden Verlusts oder vielleicht gerade deshalb, wurde Nick bewusst, wie nah er eben einem freiwilligen Ende gewesen war. Jimmy, der sein feuchtes Fell an Nicks Bein rieb, hatte wie ein Weckruf gewirkt.

Noch einmal ging Nick in die Knie. Mit beiden Händen umfasste er Jimmys Kopf. Dann legte Nick seine Wange an die Schnauze seines Hundes. „Du bist mein einziger Freund, Jimmy! Du bist mir geblieben.", flüstere Nick ins Hundeohr.

„Wir sollten nach Hause gehen. Hier ist für uns nichts mehr zu tun." sprach Nick, immer noch Kopf an Kopf, Wange an Wange mit seinem Hund.

„Unser Leben wird schon irgendwie weitergehen. Deines und meines! Und ich werde für Dich da sein. Immer!", schloss Nick seine leise Ansprache, stand langsam auf und ging. Seite an Seite mit seinem treuen Weggefährten, Richtung Torbogen und Ruinenausgang.

„Fast wäre ich auch gesprungen," dachte Nick beim Gang durch den Mauerbogen der Burgruine. Irgendwie erleichtert über seine Entscheidung.

Beide, Nick und Jimmy, haben die Burgruine nie wieder betreten.

Einsam

Verlassen, still und leer ist das Haus, doch ich
fühle schuldig. Ich wollte es nicht, habe es nie so
haben wollen.

Nun stehe ich da, alleine. Und irgendwo tief in
mir drin spüre ich die Verlorenheit.

Warum ist alles schiefgelaufen? Hat es etwa so
kommen müssen? Niemand -denn das Haus ist
leer- gibt eine Antwort.

Da hängen Bilder an der Wand, die von einem
vergangenen Leben erzählen.

Da sind Möbel, Kleider, Hausrat – die Bände
sprechen.

Doch nun ist alles vorbei. Trotzdem erzählt alles
von früher...

Wo ist das Lebhafte, wo ist die Unruhe dieses
Hauses geblieben? Wo die Schritte auf knarren-
den Treppenstufen? Wo der zu laute Rundfunk-
empfänger? Wo das Lachen?

Ganz still ist es – und ganz still bin ich.

Ich bin mir nicht sicher: Höre ich in die Stille des
Hauses oder in mich selbst?

Damals, als noch so einiges los war in diesem Haus, war mir das oft zu viel. Damals fühlte ich mich bedrängt, eingeengt, begrenzt, gefesselt.

Doch nun?

Ist es das, was ich wollte? Das, wonach ich mich unendlich gesehnt habe?

Alleine, endlich! Doch was soll das jetzt?

Wieviel ist eine Erinnerung wert? Mehr als einsame Freiheit?

Im Moment scheint mir, ich hätte mehr verloren als gewonnen. Toll!

Was ist mit Dir? Denkst du vielleicht genauso? Ich weiß es nicht.

Wenn ich mir klar darüber bin, wohin und was ich will, melde ich mich vielleicht bei dir.

Hoffentlich kannst du solange warten….

Der die Freude bringt

„Winnetou is dead" heißt es in einem Song von mir. Von DS GUITARS UNPLUGGED.

Dies ist die Geschichte genau dieses Winnetous. Karl May hat den Namen Winnetou für seinen Indianerhelden benutzt. Er, unser Held der Kinderzeit, benutzte den Namen für sich.

Wenn man heute resümiert, zurückblickt, dann müsste die Übersetzung von Winnetou aus dem Indianischen lauten „Der die Freude bringt".

Denn so, wie der Original-Karl-May-Winnetou Freude und Glück zu unzähligen Lesern, Kinobesuchern und TV-Zuschauern brachte, genau so brachte unser Winnetou Freude zu uns.

Gerhard, so hieß der Schulbuben-Winnetou mit bürgerlichem Namen, war eben nicht nur Chef und Indianerhäuptling. Gerhard war in allererster Linie ein freundlicher, fröhlicher, positiver Mensch.

Addiert man also die persönlichen Erinnerungen an Gerhard, so bleiben Summa summarum Freude und viel Spaß am Leben zurück.

Ein mächtiger, mehr als triftiger Grund, sollte man meinen, posthum „vielen herzlichen Dank" zu sagen.

Warum aber war er eigentlich so viele Jahre Winnetou? Nun, betrachtet man es genauer, war das ja gar nicht so lange.

Winnetou war Gerhard immer dann, wenn wir Indianer und Cowboys spielten. Ein Szenario, dass sich zwei, drei Jahre nach der Schule regelmäßig „ergab".

Nicht jeden Tag, versteht sich, aber doch recht oft. So zwischen der ersten und dritten Volksschulklasse bot sich der gemeinsame Schulweg von zehn, fünfzehn Buben an, dem berühmten TV-Indianer nachzueifern.

Dabei stand stets außer Frage, wer der Anführer, wer Winnetou sein würde. Wie selbstverständlich nahm Gerhard diese Rolle ein. Und: Er führte diese Rolle auch aus. Gerhard, „Zinki" wie wir ihn nannten, bestimmte die weitere Rollenvergabe des Wilden Westens. Stolz konnte dabei immer der sein, der zu Old Shatterhand, dem zweit-wichtigsten Helden und persönlichen Freund des Häuptlings ernannt wurde. Dritte Option war noch Old Surehand, dann rutschten die Rollen jedoch in einfache Indianer oder schnöde Cowboys ab.

Und wie schon erwähnt: Diese Einteilung in Wertigkeiten -und auch später die Einteilung der Opfer- nahm ausschließlich Gerhard vor.

Nur darf man sich diese Rollenverteilung ebenso wie das anschließende Cowboy-und-Indianer-Spiel nicht bier-ernst vorstellen. Gerhard agierte schon damals, als Sieben-, Achtjähriger, mit enorm viel Spaß an der Sache, mit Esprit, ungebremster Lebenslust und mit überraschenden Wendungen in seinen Handlungsweisen.

Man kann es auch zweideutig oder als Wortspiel umschreiben: Gerhard machte Spaß!

Als dann einige Jahr später aus dem Grundschüler ein Heranwachsender, später ein junger Mann geworden war, hatten sich zwar Alter, äußeres Erscheinungsbild und diverse Neigungen geändert, der Spaßvogel, der freundliche Tausendsassa, der hypermobile Draufgänger – das alles blieb Gerhard sein Leben lang.

Besonders in den Jahren des Heranwachsens, der Pubertät und des eben erwachsen Gewordenen – besonders in diesen Jahren waren mit Zinki unsagbar schöne Dinge zu erleben. Unzählige Momente purzeln aus dem Gedächtnis, in denen Gerhards Lebensfreude zum eigenen Glück beigetragen hat.

Zumal, und das erscheint doch wichtig, aus dem „Ich-bin-der-Boss"-Knaben ein überaus zuverlässiger, treuer Freund geworden war.

Einer, mit dem man Pferde stehlen, vernünftig reden, aber auch jede Art von Blödsinn treiben konnte. Jede!

Mit dieser, seiner kecken aber soliden Art, war es für fast jedermann leicht, den Menschen Gerhard zu mögen. Es dürfte nur sehr wenige Personen in seinem Umfeld gegeben haben, die ihn nicht leiden konnten. Und wenn, handelte es sich um den einen oder anderen Neider, der ob Gerhards sympathischen, anziehenden Wesens das Gesicht verzog.

Mir jedenfalls, und das sage ich mit Stolz, ist es im Rückblick eine tiefe Ehre, eine wahre Herzensangelegenheit, über einen längeren Zeitraum intensiv Zeit mit Gerhard verbracht zu haben.

Bestätigung findet diese Verbindung in Momenten jüngerer Vergangenheit. Obwohl Zinki fernab wohnte und nur mehr selten in seinen Heimatort zurückkam, war es jedes Mal das gleiche Empfinden, war es jedes Mal die gleiche Freude und war es jedes Mal die unveränderte, ungebrochene Freundschaft, wenn die alten Kumpels selbst nach vielen Jahren wieder einmal zusammentrafen.

Winnetou war zwar nicht mehr Winnetou, musst nicht mehr der Chef sein, aber die ihm eigene Freude, die ihm eigene Lebenslust, die versprühte der frühere Indianerhäuptling immer noch. Und immer wieder. Sein Leben lang.

Aus tiefer Wertschätzung für einen wahrhaft tollen Kerl sollten daher einige Geschichten von, über und mit Gerhard erzählt werden.

Dabei möchte sich der geneigte Leser bitte bemühen, das Spitzbübische, den Schelm in seinen Augen und die ungetrübte Lebenslust von Gerhard als Basis der Geschichten zu sehen.

Legen Sie Sich also ein Schmunzeln auf Ihre Lippen, seien Sie ob manchen jugendlichen Überschwangs nachsichtig und versuchen Sie die Freude von Zinki bei all seinem Tun nachzuempfinden.

Selbst wenn Situationen gefährlich, gemein, ungehörig, frech oder angeberisch erscheinen mögen, legen Sie ein Lächeln der Lebenslust, ein Lächeln schelmischer Freude darüber.

Der die Freude bringt – so hat Ihr Autor Winnetou übersetzt.

Gerhard – der die Freude bringt.

Bleibt nur zu hoffen, dass es gelingt, Gerhards Esprit-geladenen Auftritte halbwegs lebendig schildern zu können.

Beginnen wir gleich mit einer etwas ungewöhnlichen Geschichte. Einer Story, bei der so mancher Leser den Kopf schütteln mag, vor so viel Gemeinheit und Boshaftigkeit.
Aber wie schon gesagt. Nehmen Sie es mit einem Lächeln. Und versuchen Sie, diese tollkühne, aberwitzige Aktion mit den vor Übermut strahlenden Augen von Winnetou-Gerhard zu sehen.

Abgespielt hat sich das Ganze über einen längeren Zeitraum – und erwiesenermaßen passierte das gleich zu Schildernde im Sommer wie im Winter. Wir, die Cowboys und Indianer, angeführt von unserem Winnetou, waren damals in der ersten und später dann in der zweiten Klasse.
Pimpfe also, sieben, acht Jahre alt.

Regelmäßig nach Schulschluss traf sich die ganze Blase unterhalb des Schulhauses. Dort, auch das war bald die Regel, teilte Winnetou-Gerhard seine Gefolgschaft ein. Die jeweiligen Wertigkeiten wurden ja bereits geschildert. Dann zog die Truppe gen Stadtmitte. Je nach Lust und Laune, je nach Schlachtplan des Indianerhäuptlings mussten die Indianer die Cowboys fangen, mussten Cowboys ebenfalls auf dem Heimweg befindlichen Schulmädchen hinterherlaufen und an deren Zöpfe ziehen oder musste die eine oder andere Spezialaufgabe erfüllt werden.

Das konnte Klingelputzen ebenso sein wie Briefkästen mit Sand oder Schnee füllen. Manchmal legte Winnetou auch selbst Hand an, verführte einen Wild-West-Kollegen in einen Raufhändel oder rannte als Anführer seinem ganzen Trupp mit lautem Indianergeheul voraus.

Jedenfalls war es nie langweilig, denn jeder, außer Winnetou selbst und dem jeweiligen Old Shatterhand, konnte Opfer von Gerhards Streichen oder dubiosen Ideen werden.

So wurde schnell mal ein Schulkamerad (mit Schnee) „geschnupft", eine Schultasche vom Rücken gezogen und über einen Zaun geworfen oder gleiches mit einem Schuh getan.

Gerhard war in der Gestaltung unseres Nachhausewegs ziemlich erfinderisch.

Wobei aufzuklären ist, dass der -ich nenne ihm mal so- Wild-West-Weg kaum einen Kilometer lang war.

Denn an der Einmündung zur Hauptstraße, unmittelbar beim Gemeindehaus, trennten sich die Wege der Schüler. In alle Himmelsrichtungen führten die weiteren Nachhause-Wege, so dass das Cowboy-Spiel immer dort ein Ende fand.

Ein lustiges, humorvolles, satirisches Ende. Zumindest für fast alle der Gruppe.

Einer jedoch -und es war nicht selten der gleiche Schüler- musste für die Belustigung aller anderen sorgen.

Was heute in der Nachbetrachtung gemein, unsozial, gehässig, ja Mobbing genannt werden würde, war damals -außer für den einen- ein Heidenspaß. Monatelang. Sommer wie Winter.

Das Tolle daran, speziell für die Niederen in der Rangfolge war, dass unser Häuptling die Sache „Stephan G." persönlich in die Hand nahm.

Jedes Mal, wie vorher schon die eigentliche Initiative, gingen die ersten Handgriffe von selbst

Gerhard aus. War das Schaf dann einmal willenlos, hielten sich auch andere (vorsichtig) daran schadlos.

Die Hauptarbeit aber, die erledigte der Anführer der Erst- und Zweitklässler eigenhändig.

Damals schon, und noch heute, ist mir ein Rätsel, warum das Opfer -und ein solches war es- sich stets dem Wild-West-Rudel anschloss. Fast täglich, wenn die urkomische Zeremonie stattfand, war das Opferlamm einer der zahlreichen Mitläufer von Cowboys oder Indianern.

Es scheint und schien fast so, als habe sich Stephan G. seinem Schicksal mutwillig ergeben.

Es muss fast so sein, denn sonst hätte er einfach einen anderen Nachhauseweg genutzt oder sich einmal gewehrt. Oder er hätte frühzeitig Lehrer oder Eltern von den Gräueltaten seiner Mitschüler informieren können.

Nichts dergleichen geschah.

Stephan G. ging jeden Tag mit uns den gleichen Schulweg. Und Stephan war unsagbar oft das Ziel der von Winnetou erdachten Schulweg-Aktionen.

Heißt: Stephan G. war fast jeden Tag das dolose Opfer seiner boshaften Mitschüler.

Und glauben Sie es mir – außer für Stephan G. war das für jeden von uns irre lustig. Nein – wir hatten kein schlechtes Gewissen. Zumal sich Stephan G. weder groß wehrte, noch nach Hilfe rief und schon gar nicht weinte. Wenn, dann höchstens ein Kleinwenig und das sehr leise.

Aber egal – er ließ das Procedere -wann immer es passierte- über sich ergehen.

Ein Procedere, dass nach einiger Zeit auch in der Stadt und in der Bevölkerung für Gesprächs-stoff sorgte. Nur: Keiner hat je eingegriffen, kei-ner hat die Täter zur Raison gebracht. Keiner ist Stephan G. zu Hilfe gekommen!

Es mussten viele Monate vergehen, ehe sich Stephan G. seinen Eltern anvertraute.

Um dieses wiederkehrende Schauspiel zu ver-stehen, muss man sich gedanklich einen ABC-Schützen oder Zweitklässler optisch vorstellen.

Schuhe, Hose, Pullover, Jacke oder Anorak, Schal, Mütze, Handschuhe und auf dem Rücken den Schulranzen. Klar – die Art der Kleidung va-riierte je nach Jahreszeit und Witterung. Stand Sport auf dem Stundenplan, kam noch der Turn-beutel hinzu.

So, oder so ähnlich, waren wir alle gekleidet und ausgestattet. Alle – auch Stephan G..

Wenn sich die Wild-West-Horde unter Führung des achtjährigen Winnetou-Gerhard nun der Hauptstraße, dem Trennkreuz näherte, schlug die leidvolle Stunde des Stephan G..

Jeder von uns wusste, was gleich passieren würde. Jeder, auch Stephan -ein grundehrlicher, netter Schulkamerad- wusste das.

Trotzdem, wie ein unweigerliches Gewitter, brach das (fast regelmäßige) Unglück über den etwas weichlichen Buben herein.

Es begann damit, dass Zinki sein Opfer von hinten stoppte und ihm die Schultasche von der Schulter zog. Schwupps, landete der Ranzen auf dem Gehsteig.

Dann fing Gerhard an, sein Opfer auszuziehen. Mütze, Schal, Handschuhe im Winter – ansonsten ging es gleich an die Oberbekleidung. Unter minimalster Gegenwehr, jedoch mit zunehmender (wenn auch zurückhaltender) Unterstützung seiner Gefolgsleute, „half" man Stephan G. aus seinen Kleidern.

Wie schon gesagt: Das Ganze passierte unmittelbar vor dem Gemeindehaus. Direkt an der

Kreuzung Hauptstraße-Schulstraße, direkt gegenüber einer Bank, der Apotheke und eines Friseursalons.

Nichtdestotrotz gelang es der Winnetou-geführten Truppe immer, das Opferlamm bis auf die Unterwäsche auszuziehen. Bis auf die Unterwäsche!

Bizarr, welches Bild sich dabei bot. Zehn, zwölf Jungs umringten zwei, drei Kameraden, die wiederum einen Gleichaltrigen fast nackt auszogen.

Stand Stephan G. dann in Unterhose und Unterhemd auf dem Gehsteig, lagen seine Klamotten rings um ihn verstreut auf dem Trottoir, war die Sache erledigt.

Ohne großes Gedöns verabschiedeten sich die Jungs voneinander und machten sich auf ihren jeweiligen Nachhauseweg.

Auch Stephan G., als letzter wohlgemerkt, denn er musste sich ja erst wieder anziehen, ging dann heim.

Man mag es glauben oder nicht, aber ein schlechtes Gewissen plagte keinen von uns. Nein. Wir alle fanden das irre lustig. Wir alle hatte ewig Spaß bei der Sache.

Vielleicht war das auch deshalb so, weil Stephan G. nie aufmuckte.

Am nächsten Tag, in der Schule, verhielt sich Stephan völlig normal. Nicht so, als wäre er gepiesackt worden, als hätte man (wir) ihn gepeinigt.

Nein – alles schien normal zu sein. Auch Stephan eben, der innerhalb der Schule ein Klassenkamerad wie jeder andere war.

So lange, bis es Richtung Nachhauseweg ging.

Wie schon geschildert, beim Gemeindehaus, an der Einmündung zur Hauptstraße hatte dann stets Stephans Stündchen geschlagen.

Und am nächsten Schultag war dann alles wieder normal. Das soll mal einer verstehen.

Apropos:

Die Entkleidungsaktion endete, als -vermutlich im Übermut- ein-, zweimal zusätzlich zur üblichen Aktion die Schultasche ausgeschüttet wurde.

Dies, wodurch auch immer informiert, rief Stephans Vater auf den Plan.

Nach einer Vorsprache bei den Eltern einer Vielzahl von Beteiligten wurde die Abschlusshandlung des Nachhausewegs eingestellt.

Kommentar Zinki über den Besuch von Stephans Vater: „Mein Papa arbeitet im Ausland. Bis der heimkommt, hat meine Mutter das längst vergessen!"

Fall erledigt.

Nun – das war nun ein einziger Fall, der Gerhards Unbekümmertheit, seinen Frohsinn und seine kecke Spitzbübigkeit darstellt.

Unzählige könnten folgen. Was bedeutet, dass Gerhard ein eigenes Buch wert wäre. Leicht und locker würden die Ereignisse rund um Gerhards Leben einen Sammelband füllen.

Und dieses Buch wäre getragen von Frohsinn, ansteckender Unbeschwertheit und steter Freude. Dieses Buch würde leicht, unbekümmert und keck daherkommen und puren Lebensmut versprühen.

Denn das war Gerhard.

Weiter würde dieses Buch von tiefer Freundschaft, von Zuverlässigkeit, einem offenen freundlichen Wesen und von einem echten Kumpel erzählen.

Nun – dieses Buch gibt es (noch) nicht.

Jedoch erscheint es mir mehr als erstrebenswert, die Lebensgeschichte eines derart besonderen Menschen niederzuschreiben.

Einer Lebensgeschichte, die zu meinem tiefsten Bedauern Anfang 2016 in einem Krebsleiden ihr jähes, viel zu frühes Ende fand.

Umso mehr freue ich mich, dass mit der Kurzgeschichte „Du erwischt mich ja nicht" eine weitere Episode aus Gerhards reichhaltigem Handlungsschatz in diesem Werk ihren Niederschlag findet.

„Gerhard, Zinki, ich danke Dir!" – einen sinnhafteren Nachruf für meinen Freund kann ich mir nicht vorstellen.

Du erwischt mich ja nicht....

Es ist eine wahre Begebenheit.

Nein, schütteln Sie nicht ungläubig mit dem Kopf! Ich schwöre -und mit mir bestimmt alle noch Lebenden der damaligen 3. Klasse- dass diese Geschichte eben keine „Geschichte" sondern eine harte, gelegentlich schmerzhafte Tatsache ist.

Wobei allein schon der Titel für dieses unglaubliche Ereignis, eigentlich waren es mehrere aufeinanderfolgende, hätte durchaus auch anders lauten können.

Etwa „Flegel, Aas, Wurm!" oder auch „Den Zink schlage ich nicht mehr!". Vielleicht hätte ich diese Lausbuben-Episode „Die sagenhaften Erlebnisse der 3. Klasse" nennen sollen?

Nun ja – ich habe mich, honoris causa, für meinen Schulfreund, für „Du erwischt mich ja nicht!" entschieden.

Fangen wir aber von vorne an.

Wir, das sind etwa fünfundzwanzig Schüler der dritten Klasse einer Dorfschule.

Wir, das sind Acht- bis Zehnjährige, je nach Wiederholungsgrad der Klassenstufe und oder kultureller Herkunft.

Wir, das sind zwar überwiegend Buben und Mädchen aus einer nordbayerischen Kleinstadt - aber auch ein paar Ausländer. Gastarbeiterkinder. Darunter unter anderem ein Spanier, Juan, der schon einiges älter ist als die Meisten von uns. Juan, bestimmt zehn, wenn nicht sogar elf Jahre alt, ist ein ganz netter Kerl. Körperlich uns allen, der Mehrzahl jedenfalls, weit überlegen und stets für einen Schabernack bereit. Was hingegen seine schulischen, kognitiven Fähigkeiten angeht, steht Juan ganz hinten in der Reihe.

Ich, so wie die Masse dieser dritten Klasse, gehöre mehr der gegenteiligen Gruppe an. Still, ruhig, ängstlich, ja sogar eher feige. Dafür aber mit ordentlichen bis sehr guten Leistungen im Unterricht.

Ich kann mich zwar tierisch -wenn auch oft nur heimlich- über die Streiche meiner Mitschüler freuen, mitmachen oder gar selbst so etwas initiieren…, nein, dazu bin ich der Duckmäuser zu groß.

Einige bei uns in der Klasse sind wohl ähnlich veranlagt. Sicher kann ich aber nur meinen eigenen Mut, oder besser meine eigene Feigheit und Vorsicht, hier anführen.

Wichtig für diese Geschichte ist die Erwähnung meiner passiven Grundeinstellung, dieses maximal „sich an den Taten der anderen ergötzen" deshalb, weil mich, und all die anderen Duckmäuser und Mitläufer, die Strafe trotzdem trifft. Immer wieder. Grundlos.

Welche Strafe – darauf werde ich noch zu sprechen kommen.

Jetzt wird es aber Zeit, dass wir uns in den Klassenraum begeben. Dort sitze ich, neben meinem Freund Klaus, in der zweiten Reihe am Fenster. Ja, ich weiß, das war nicht schwer zu erraten. Denn brave, folgsame, strebsame Schüler sitzen in der Regel vorne. Faule, Dummköpfe, Unruhestifter besetzen hingegen grundsätzlich die hinteren Bänke.

Klaus und ich sind das ungekrönte Streberpaar der „Dritten". Immer anständig, immer mit erledigten Schularbeiten, immer sauber, immer ruhig, immer mit guten Leistungen, immer mit guten Zensuren.

Helden, Champions, richtige Kerle jedoch – das sind Juan und mein späterer Freund Gerhard.

Ach wie herrlich ist es, wenn Juan -zwar mit schlechtem Deutsch, dafür aber mit unglaublicher körperlicher Behändigkeit- Purzelbäume zwischen den Schultischen schlägt. Oder wenn er, kurz bevor unser Lehrer das Klassenzimmer betritt, über im Gang aufgestellt Stühle Bocksprünge vollführt.

Klaus und ich müssen uns immer umdrehen, wollen wir an dem Spektakel teilhaben. Aber dieses Umdrehen lohnt sich. Denn solche Kunststückchen, solche körperlichen Fähigkeiten sind überhaupt nicht unser Ding. Umso mehr sind wir, Klaus und ich, stolz, zur Klasse von Juan, dem spanischen Tausendsassa zu gehören.

Zumindest wenn es um Unsinn, jegliche Art von Quatsch, körperliche Aktivitäten oder sonstige außerschulische Leistungen geht. Was die Schule, was unsere Leistungen und Noten betrifft, da ist Juan sicher kein Vorbild für uns. Da schauen wir, wenn auch heimlich und verstohlen, auf den spanischen Ausländer herunter.

Einer, der mehr zu uns gehört, trotzdem aber ganz anders ist, ist Gerhard. Gerhard kommt auch aus unserer Kleinstadt, Gerhard stammt aus „guter Familie", wie man so sagt. Aber

Gerhard ist ein Irrwisch, ein umtriebiger Gnom, der scheinbar keinerlei Furcht und auch kaum Respekt vor irgendjemand oder irgendetwas kennt.

Gerhard, er sitzt in der mittleren Reihe, fast ganz hinten, ist schnell. Gerhard ist stark. Gerhard ist mutig. Gerhard ist lustig. Ein Spitzbube.

Und: Gerhard ist unser Anführer. Ober besser der Anführer seiner „Bande". Vorsichtige Angsthasen wie ich gehören dieser Bande eher selten an. Ich möchte zwar gerne, kann aber nicht.... Ich bin wohl zu mutlos.

Gerhard und Juan sind also unser Klassen-Clowns. Unsere Vorturner. Jugendliche Helden. Wortführer. Juan hat die Kraft, Gerhard den Pepp und die Führungsrolle.

Dann kommen die Mitglieder von Gerhards Bande, dann kommen die kessen Mädchen und dann kommen in der Klassen-Hierarchie solche wie Klaus und ich.

Was Gerhard und Juan unterscheidet ist der Umstand, dass der Junge aus Sevilla seine Späße außerhalb des Unterrichts und (nennen wir es) „personenneutral" aufführt.

Gerhard hingegen, der außerdem einen großen starken Bruder namens Herrmann hat, kennt weder örtliche noch zeitlichen noch personelle Grenzen.

Gerhard ist überall und immer ein Hitzkopf. Gerhard hat gegenüber jedem eine große Klappe. Für Gerhard scheint „Respekt" ein Fremdwort zu sein. Ebenso wie Angst.

Das mag auch daran liegen, dass Gerhard der Nachzügler in seiner Familie ist. Großer Bruder, noch größere Schwester, eine resolute streitbare Mutter und ein wohl angesehener Vater.

Gerhard hat den dicksten familiären Hintergrund, den man sich vorstellen kann. Und: Gerhards Mutter verteidigt ihren Jüngsten gegen jeden und alles. Egal ob Nachbar, Mitschüler, Lehrer, Pfarrer. Wer ihrem Sprössling zu nahe kommt, bekommt es mit Frau Zink zu tun. Dabei ist völlig unerheblich, ob Gerhard die Ursache gesetzt hat.

„Wer gegen meinen Sohn handelt – handelt gegen mich und bekommt es somit direkt mit mir zu tun!", eine mütterliche Grundhaltung, die Gerhard zu allerlei außergewöhnlichen Handlungen ermutigt. Und mich neidisch macht....

Sonst aber ist mir, Klaus und den anderen Zögerlingen das alles nur Recht. Denn Gerhard tut uns nur äußerst selten etwas. Meistens ignoriert er die Angsthasen in seiner Klasse. Höchsten, dass er deren, heißt unseren, Beifall gnädiger Weise entgegennimmt.

Was Gerhard so alles kann und treibt, lässt sich in Gänze gar nicht aufzählen.

Fangen wir mal mit der Schule an: Hausaufgaben nicht erledigen, Turnbeutel vergessen, Schwätzen, herumzappeln, Kreide schmeißen, Grimassen ziehen, mit dem Stuhl kippeln, seine Banknachbarn ärgern, Mitschüler beim Schreiben schupsen, Tinte aus dem Füller in fremde Hefte eindrücken, im Unterricht singen... Es gibt vermutlich keinen Blödsinn, der Gerhard fremd wäre oder im undurchführbar schiene.

Auch außerhalb des Unterrichts, vorher, in der Pause, nach der Schule im Schulbus oder auf dem Nachhausweg, hat Gerhard so einiges zu bieten: Absichtlich zu spät ins Klassenzimmer kommen, aus dem Fenster in den Schulhof zu hüpfen, über die Schulbänke laufen, Ranzenweitwurf, Fußball -trotz Verbots- im Pausenhof spielen, das Pausenbrot während der Stunde an

die Tafel werfen, Schneebälle mit ins Klassen-
zimmer nehmen, Mitschüler im Winter auf dem
Nachhauseweg halbnackt ausziehen ...
Gerhards Aktionspalette ist schier grenzenlos.

Ich selbst genieße Gerhards Umtriebe. Außer,
ich bin -was aber ganz selten vorkommt- selbst
mal das Opfer. Meistens jedoch kann ich, wie
auch Klaus, zugucken, lachen, vorsichtig anfeu-
ern, bei Zinki´s Blödsinn.

Dass diese ständigen Bubenstreiche nicht jedermann gefallen, dürfte sich von selbst verstehen.

Eine dieser Personen, die regelmäßig und zu-
nehmend Anstoß an Gerhard und seinen „Spiel-
chen" nehmen, ist unser Lehrer.

Er heißt „Herr Reichel" und unterrichtet wohl nur
noch ob des akuten Lehrkräftemangels. Herr
Reichel ist klein, alt und stammt aus einer ganz
anderen Zeit. Herr Reichel ist schon ein halbes
Jahrhundert Lehrer, sieht sich selbst als tadel-
freie Respektsperson und ist gegen jede Auf-
müpfigkeit allergisch.

Außerdem ist Herr Reichel etwas beleibt, nicht
mehr allzu gut auf den Beinen und mit so einigen Ritualen behaftet.

Herr Reichel ist ein Lehrer der alten Schule, streng, korrekt, distanziert und außerhalb jeder Kritik stehend.

Herr Reichel liebt strebsame, fleißige Kinder und zeigt dies denen auch. Klaus und ich sind solche Schüler.

Andere hingegen, Schwätzer, Unruhestifter, Faule, sind gar nichts für unseren Lehrer.

Da aber Herr Reichel schon sehr, sehr alt ist, will er sich eigentlich nicht mehr ärgern. Mit dummen Gassenjungen, wie er sie nennt, schon gar nicht.

Hier will ich nochmals auf die Unterschiede von Juan und Gerhard zurückkommen. Während Juan zwar auch für jeden Quatsch zu haben ist, jedoch außerhalt der Schulstunde, hat er einen relativ leichten Stand bei Herrn Reichel. Der sieht in Juan einen ungebildeten Ausländer, den er gewähren lässt, solang er den Unterricht nicht stört. Und das tut Juan nicht.

Also dümpelt Juan schultechnisch so vor sich hin. Er wird zwar kaum schlauer – hat aber größtenteils ein ruhiges (Schüler-)Leben bei Herrn Reichel.

Im Gegensatz zu Gerhard, der sich nach und nach zum persönlichen Feindbild, zum Drittklässler-Satan für Herrn Reichel emporgearbeitet hat.

Rügen, Strafarbeiten, Ohrumdrehen oder ein paar Hiebe mit dem Zeigestock mögen für alle anderen probate erzieherische Mittel sein, um schulischen Fleiß und soziale Ordnung zu gewährleisten. Bei Gerhard verpuffen solche Maßnahmen.

Und: Sie kommen oft -in Person seiner Mutter- als Bumerang zum Lehrer zurück.

Denn Gerhards Mutter ist eine sehr wehrhafte Frau. Klein, knorrig, bissig und stets auf dem Sprung, ihren Liebling „Gerhard" zu verteidigen.

Egal was Gerhard angestellt hat, egal welcher Flegelei er beschuldigt wird, egal welch schlimmen Dinge Gerhard zur Last gelegt oder gar nachgewiesen werden.

„Niemand!", und Frau Zink unterstreicht das nochmal. „Niemand (!) bestraft meinen Sohn, außer mir selbst. Niemand, NIEMAND(!) legt Hand an meinen Sohn, außer mir selbst!"

Kein Wunder also, dass bei derart viel Mutter-
liebe die Auftritte von Frau Zink bald genauso le-
gendär (und bei der Lehrerschaft gefürchtet)
sind wie die derben Lausbuben-Aktionen des Fi-
lius.

Bevorzugtes Opfer von Gerhard ist -nicht schwer
zu erraten- unser Lehrer Herr Reichel. Zumal in
beiden Personen die unterschiedlichsten aller
Charaktere aufeinanderprallen. Da der strenge,
sicher vom Dritten Reich noch geprägte ältliche
Lehrer, dort der aufmüpfige, ungehorsame,
streitlustige Gassenjunge.

Gerhard, der sich zudem noch gerne als Mittel-
punkt der Erde sieht, den Klassenclown gibt und
-logischerweise- Anführer aller Anführer sein
„muss", findet in unserer dritten Klasse ohne
Zweifel ein dankbares Publikum.

Und in Herrn Reichel den passenden Antagonis-
ten.

Herr Reichel, Autoritätsperson der (ganz) alten
Schule, versucht, seiner langjährigen Schuler-
fahrung geschuldet, zu allererst die vermutlich
bislang erfolgreichen Erziehungsmethoden für
Acht- bis Zehnjährige zur Anwendung zu bringen.

Also belegt er Gerhard, sobald der eine seiner Flegeleien nicht lassen kann, mit einer Strafarbeit, mit einem „In-der-Ecke-Stehen" oder einem Pausenhof-Verbot.

Gerhard wäre allerdings nicht Gerhard, Frau Zink wäre nicht Frau Zink, wenn diese Sanktionen so einfach hingenommen würden. Geschweige denn akzeptiert.

Also ist der Bumerang, der die Erziehungsmethoden von Herrn Reichel heimsucht, doppelt heftig.

Zum einen kommt Frau Zink wieder zur energischen Lehrerschelte in die Schule, zum anderen untergräbt Gerhard öffentlich, vor der ganzen Klasse, teils vor der ganzen Schule, die Autorität seines Lehrers.

Das passiert dadurch, dass Gerhard die aufgedonnerte Strafarbeit einfach nicht erledigt. Auf durchaus gereizte Nachfrage von Herrn Reichel: „Zink! Wo ist die Strafarbeit!", antwortet Gerhard spitz und wie selbstverständlich. „Die brauche ich nicht zu schreiben, sagt meine Mutter. Außerdem kommt sie heute in der Pause zu Ihnen in die Schule!".

Stille im Klassenzimmer, heimliches Grinsen in den Schulbänken, freches provokantes Grinsen von Gerhard und ein anschwellender, dicker Hals von Herrn Reichel sind die Folge.

„Zink, du Wurm!", schallt es durch das Klassenzimmer. Aber Gerhard grient nur unverschämt
vor sich hin.

„Zink!!!"" schreit Herr Reichel aus vollem Hals,
„Stell Dich bis zur Pause sofort in die Ecke! Du
Flegel!". Eine Aufforderung, die von Gerhard eis-
kalt ignoriert wird.

Als daraufhin Herr Reichel, auf seinen Gehstock
gestützt, wutentbrannt auf Gerhard zuwackelt,
flüchtet der nach hinten durch die Bankreihen.
Nicht ohne mit dem Spruch „Erwischt mich ja
nicht!!" seinen alten, gehbehinderten Lehrer zu
verspotten.

Herr Reichel, überaus echauffiert und hochgra-
dig Infarkt-gefährdet, stoppt in der Mitte des
Klassengangs und dreht um Richtung Lehrerpult. Währenddessen begibt sich Gerhard fei-
xend in die verordnete Strafecke. Entgegen der
Lehrerplanung, der Schüler habe dort mit dem
Gesicht zur Wand Buße zu tun, nutzt Gerhard
die weitest mögliche Entfernung zum Lehrer-
schreibtisch für unzählige Späße, Grimassen,
freche Sprüche und clownhafte Herumhüpferei.

Nicht zu vergessen sind wir, der Rest der
Klasse. Wir amüsieren uns köstlich über den

aufmüpfigen Schüler und den hilflosen Lehrer. Dabei amüsieren sich die einen mit grinsenden Gesichtern, ein paar sogar mit offenem Applaus für Gerhard.

Die Anderen, die Duckmäuser, zu denen Klaus und ich gehören, wir tun ganz schulmäßig und erheitern uns an der Situation, möglichst ohne es zu zeigen.

Denn – das habe ich schon erklärt: Wir wollen einerseits artige, gute Schüler sein, andererseits aber zum Dunstkreise des Anführers Gerhard, Winnetou Zink, gehören.

Nun aber zurück zu dem disziplin-fordernden Lehrer und dem mehr als aufmüpfigen Pimpf.

Dieses „Spiel" von Pädagogen-Autorität, Kontrolle, Sanktion und Ungehorsam zieht sich nun schon eine Weile hin.

Mit immer mehr erkennbarem Frust bei Herrn Reichel und immer mehr Spaß bei Gerhard und seiner Fangemeinde. Dazu, zu dieser Fangemeinde, zähle ich auch uns, die Duckmäuser. Wir, die Streber, sind die stille, heimliche Fangemeinde.

Dass man sich jedoch nicht immer ducken kann, darauf komme ich demnächst noch zu sprechen.

Erstmal weiter mit dem Lehrer-Schüler-Duell.

Nächste Sanktion, und damit kann man Gerhard nun wirklich schmerzhaft treffen, ist das Pausenverbot. Gerhard, überaktiv, ständig in Bewegung und überall der Chef, lebt diese Eigenschaften selbstverständlich auch in der Pause, namentlich im Pausenhof, aus. Herumrennen, Unsinn anzetteln, mit Erde -oder im Winter mit Schnee und Eis- werfen, andere Kinder schupsen, hinter dem Schulhauseck heimlich eine Zigarette -aus Papas Schachtel- anzünden, und und und.

Da wundert es nicht, dass Herr Reichel zu diesem, nächst härteren Sanktionsmittel greift.

Es beginnt dabei wie immer. „Zink, zeig mir die Rechenhausaufgabe!", herrscht Herr Reichel Gerhard an. Zinki, wie wir Gerhard rufen, blickt nur frech durch die Bankreihen nach vorne. „Zink, du elender Flegel! Hol das Rechenheft heraus!". Herr Reichel wird im Ton nun schärfer, steht aber immer noch vorne zwischen Tafel und Pult.

„Hab ich nicht!", quietscht Gerhard übermütig und frech nach vorne.

„Flegel, Aas, Wurm!", tönt es vom Lehrerpult mit fast überschlagender Stimme. „Ziiink!!! Du bleibst in der Pause im Klassenzimmer!", folgt die Strafe für Gerhards Benehmen auf dem Fuß. Dann geht der Unterricht weiter.

Wenig später klingelt es zur Pause. Während wir, der Rest der Klasse, das Zimmer schnell verlassen und über den Schulgang dem Pausenhof zustreben, bewacht Herr Reichel die Tür und hindert Gerhard so am Pausengang. Letztendlich, als nur noch Gerhard im Klassenzimmer ist, verlässt auch Herr Reichel den Raum. Und versperrt die Tür. Kommentarlos.

Anders Gerhard, der von innen an die Tür hämmert und wutig sein Recht auf Pause herausschreit. „Das sag ich meiner Mutter," brüllt Gerhard durch die Tür. „Die kommt morgen und dann gibt es `was!".

Doch Herr Reichel ist mittlerweile ins Lehrerzimmer gewatschelt und hört Gerhards Klagen und Drohen längst nicht mehr.

Wer aber nun denkt, unser Held würde sich mit der Strafe abfinden und die Pause im Klassenzimmer verbringen, der irrt.

Gerhard, ganz der quirlige, unbeugsame Gerhard, überlegt nur kurz. Dann öffnet er eines der großen Kippfenster zum Hof und springt die etwa zwei Meter hinunter. Runter, zu uns anderen Kindern in den Pausenhof.

Während wir, seine Klassenkameraden mit offenen Mündern dieses Schauspiel betrachten, ja bewundern, scheint die ganze Aktion für Gerhard nichts Besonderes zu sein. Ohne sich groß umzugucken, nimmt Zinki seine übliche Pausenrolle ein. So, als wäre nichts gewesen, spielt und tollt Gerhard wir jeden Tag übers ganze Schulgelände.

Als es dann klingelt, die Pause zu Ende ist, drängen wir Schüler wieder ins Gebäude und in die Klassenräume. Genauso Gerhard. Während wir das Klassenzimmer betreten, steht unser Lehrer schon an seinem Pult. Leicht nach vornübergebeugt und mit einer gewaltigen Zornesfalte auf der Stirn. Der Blick von Herrn Reichel wird voll gruselig, als er Gerhard zwischen uns gewahr wird.

Erst jetzt fällt uns ein, dass Herr Reichel wohl Gerhard im Klassenzimmer anzutreffen dachte. Doch außer einem geöffneten Kippfenster war da nichts mehr.

Daher die Riesenwut.

„Setzen!", hallt es wie ein Peitschenhieb durch die drei Bankreihen. Es ist still, sehr still im Raum. „Zink! Vorkommen!!!", lautet die nächste scharfe Anweisung. So scharf, dass selbst Gerhard nicht wagt zu widersprechen.

Langsam erhebt sich Zinki von seinem Stuhl. Noch langsamer, so, als könnte der die Strafe bereits wittern, schleicht Gerhard nach vorne.

„Bück dich, Du Wurm!", schreit Herr Reichel außer sich vor Wut über Gerhard hinweg.

Wie in Zeitlupe beugt sich Gerhard nach vorne über, während Herr Reichel mit hochschwingendem Arm ausholt – den Zeigestock in der Hand.

Oh – keine Bange. Gerhard bleibt Gerhard.

Als wir alle denken -oder schon zu sehen glauben- wie der anrauschende Stock einschlägt, verwandelt sich Gerhard in einen Springfloh. Mit einem schnellen Satz taucht Zinki unter Herrn Reichel durch, dessen Schwinger ins Leere geht.

Unser Lehrer ist erstmal völlig überrascht. Wir auch. Gerhard hingegen flitzt quer durch das Klassenzimmer. Und immer wieder geht sein Blick frech Richtung Pult.

„Du erwischt mich ja nicht!" quietscht Zinki vor Freude, während Herr Reichel, gestützt auf seinen Gehstock, jedoch viel langsamer als

Gerhard, dem Übeltäter zu folgen versucht. „Erwischt mich ja nicht!", immer wieder der gleiche Ausruf von Gerhard.

Man merkt so richtig, wieviel Spaß Gerhard dieses ungleiche Verfangspiel bereitet. „Erwischt mit ja nicht!", ertönt es noch unzählige Male. Zinki, flink und behende vorneweg, Herr Reichel hinkend und keuchend hinterher. „Erwischt mich ja nicht!", frohlockt Gerhard noch ziemlich oft. So lange, bis Herr Reichel aufgibt.

Nach Luft schnappend sitzt unser Lehrer nun hinter seinem Schreibtisch, schwer atmend und mit Schweißperlen auf Gesicht und Hals. Der steife Hemdkragen und selbst das Jackett am Kragen und unter den Achseln nassgeschwitzt.

Ein paar Minuten passiert gar nichts, ehe dann der Unterricht fortgesetzt wird. Vorher jedoch, muss (darf?) Gerhard das Klassenzimmer verlassen.

„Zink, geh mir aus den Augen!", ist eine keinen Widerspruch duldende Aufforderung, der Zinki sofort nachkommt. Wenig später sehen wir Gerhard fröhlich hüpfend und pfeifend über den Schulhof Richtung Bushalterstelle laufen...

Dass Herr Reichel an diesem Tag nicht mehr seine allerbeste Laune hat, verstehe sogar ich.

Wobei -und das ist immer so bei Streichen von Gerhard- ich zwischen Täter und Opfer hin- und hergerissen bin. Ich denke, so geht es den Meisten in der Klasse.

Dann kommt der nächste Schultag.

Herr Reichel, wie immer im grauen Anzug, mit brauner Leder-Aktentasche und Gehstock, betritt das Klassenzimmer als sei gestern nichts geschehen.

Bevor wir jedoch mit dem Unterricht beginnen, kommt eine etwas komische Anweisung. „Alle holen ihr Lineal heraus und legen es an den Rand des Tisches!". Ratlos folgen wir der Anweisung von Herrn Reichel. Warum sollen wir im Deutschunterricht ein Lineal herauslegen?

Dazu sei ergänzt, dass jeder Schüler für den Mathematik-Unterricht ein 30-cm-Lineal braucht.

Diese Lineale, teils aus Plastik, teils aus Holz, liegen nun am Rand jeder Schulbank. Rechts ein Lineal, links ein Lineal.

Während Klaus, der rechts von mir am Gang sitzt, ein Holzlineal besitzt, liegt an meinem

Tischrand, also links beim Fenster, nur ein Plastiklineal. Warum dieser Umstand nicht ganz unerheblich ist, wird demnächst deutlich...

Nun also beginnt der übliche Unterricht. Herr Reichel, ganz Lehrer wir immer, schreibt einige Worte an die Tafel und geht dann, Fragen an seine Schüler richtend,

durch die Bankreihen. Ganz wie immer. Mal fragt er den, mal einen anderen Schüler. Mal geht Herr Reichel an meiner Fensterseite nach hinten durch, mal im Mittelgang nach vorne. Ganz wie immer.

Aber irgendwie ist unser Lehrer heute doch anders. Fast so, als hätte er sich irgendetwas überlegt... Was nur? Ich glaube, jeder von uns hat so seine Theorie.

Klarheit entsteht, als Juan eine Frage von Herrn Reichel nicht beantworten kann. Ohne lange zu zögern greift Herr Reichel nach dem am Tisch liegend Lineal und schlägt es Juan auf den Rücken. „Dir lerne ich Deutsch!", ist die lakonische Begründung für den Hieb.

Jetzt ist uns allen klar, was die Lineale zu bedeuten haben. Vermutlich als Reaktion auf den gestrigen Vorfall mit Gerhard greift Herr Reichel nun rigoros durch.

Der Nächste, bei dem das Lineal zum Einsatz kommt ist Jürgen. Und zwar in der Deutschstunde, in der wir einen Aufsatz schreiben sollen. Jürgen gehört wie Klaus und ich eher zur Duckmäuser-Fraktion. Deshalb sind gerade wir, die Musterschüler, ziemlich betroffen, als nach einem „Du Schmierfink!" von Herrn Reichel gleich das Lineal auf Jürgen niedersaust. Peng, peng, peng – drei Schläge für unsaubere Schrift....

Was für mich bedeutet: Auch mich kann es treffen! Umso mehr bemühe ich -wohl nicht ich allein- meine Aufgaben bestmöglich zu erledigen.

Nach Deutsch und Heimatkunde ist dann erstmal Pause. Danach geht es weiter, wobei bald ein Plastiklineal, so eines wir meines, auf Bernds Rücken zerbricht. Hier ist dem Einschlag ein „Setz dich gerade hin, du Bauernlümmel" vorausgegangen.

Und weiter wandert Herr Reichel durch die Reihen, stellt Fragen, humpelt auf seinen Stock gestützt zwischen den Bankreihen entlang und sanktioniert -wenn nötig- per Lineal.

Man weiß also nicht, besonders wenn die Ge-
fahr von hinten kommt, ob es gleich einschlägt
oder nicht. So ist jeder froh, wenn der „Knacker"
-so nennen wir Herrn Reichel heimlich- vorbei-
gehumpelt ist.

Der „Knacker" ist eine Wortfindung von Gerhard,
der damit irgendwann mal seinem Ärger über
unseren Lehrer Luft gemacht hat. Dass die Be-
zeichnung „alter Knacker" tatsächlich zum Einsatz kommen würde, hat aber wohl niemand
ernsthaft dacht.

Jedenfalls schleicht, schlurft Herr Reichel weiter-
hin durchs Klassenzimmer, stellt Fragen und be-
antwortet Fehler oder Fehlverhalten mit dem jeweiligen Lineal des Besitzers.

Logisch, unausweichlich, dass Herr Reichel bei
seinem schleppenden Gang zwischen den
Schulbänken auch einmal bei Gerhard vorbei-
kommt.

Und was Wunder: Genau in diesem Moment
schwätzt Gerhard mit seinem Banknachbarn.
Flugs greift Herr Reichel nach dem Lineal von
Gerhard, holt aus und trifft -nein, nicht Gerhard-
nur die Stuhllehne. Woran das Plastiklineal in
mehrere Stücke zerbricht.

Gerhard, flink und schnell, ist wie schon am Vortag unter Herrn Reichel abgetaucht. Noch im Davonflitzen ruft Gerhard quietschfidel: „Erwischt mich ja nicht! Alter Knacker! Erwischt mich ja nicht!"

Und wieder beginnt die ungleiche Jagd durchs Klassenzimmer. „Flegel, Ass, Wurm!", schreit Herr Reichel außer sich vor Wut durch die Schulbänke, während er keuchend versucht, dem Übeltäter habhaft zu werden. „Erwischt mich ja nicht, Knacker!", hallt es von der anderen Seite des Klassenzimmers. Gerhard, der wie ein Irrwisch durch die Bänke flitzt, über Stühle springt und dabei immer wieder „Erwischt mich ja nicht!", johlt, bringt unseren Lehrer komplett auf die Palme.

„Du elender Wurm!", keuch, schnauf, hechel... „Du Flegel! Zink du Aas!!!", Herr Reichel kämpft ein hoffnungsloses Rennen gegen unseren Klassenclown.

Gerhard vorneweg mit „Erwischt mich ja nicht, Knacker!", Herr Reichel, mittlerweile hin und wieder mit seinem Gehstock durch die Luft fuchtelnd, antwortet mit „Flegel, Aas, Wurm!" und kämpft sich verbissen dem verhassten Schüler hinterher.

Das geht eine ganze Zeitlang so. Bis Herr Reichel genau neben unserer Schulbank, neben Klaus und mir, stehen bleibt.

Mit hochrotem Kopf, weit hervortretenden Adern am Hals und schweißüberströmt gibt unser Lehrer den Kampf gegen den wieseflinken Gerhard offen bar auf.

Richtig – und auch falsch!

Als Herr Reichel etwas zu Atem gekommen ist, schnappt er sich das Holzlineal von Klaus und schlägt damit wie irr auf dessen Rücken ein.

Klaus, der sich die Arme schützend über den Kopf hält, wimmert „ich hab` doch nichts gemacht!", was die Linealschläge jedoch nicht zum Stoppen bringt.

Wumm! Wumm! Wumm!

Wie von Sinnen haut Herr Reichel seinem Lieblingsschüler Klaus das Holzlineal weiter auf den Rücken. „Den Zink schlag ich nicht mehr!", keucht er dabei, ehe er nach unzähligen Hieben endlich vom unschuldigen Klaus ablässt…

Er geht tatsächlich

Eigentlich hat es keiner so recht glauben wollen. Doch jetzt ist es gewiss: Er geht!

Wie oft hat er uns von seiner Restzeit erzählt... Monatelang, wochenlang, tagelang. Noch zwei Monate, noch 30 Tage, noch 20.

Nun ist es soweit: Er geht!

Trotz der Gewissheit seines Ausscheidens bleibt es unvorstellbar: Er geht!

Und obwohl er noch ein paar Tage zu uns gehört, fangen wir schon an, etwas zu vermissen.

Kaffee und Kuchen zum Sechzigsten, ein Festessen zum Abschied – und dann?

Wer übernimmt die Rolle des guten Geistes? Wer von uns tritt an die Stelle seiner treuen Seele?

Gibt es überhaupt einen der sich in allem auskennt, der jedem hilft und anderen die Arbeit abnimmt?

Wer wird künftig am Wochenende mein Tauschpartner, wenn ich wegen Sport frei brauche? Wer schraubt neue Glühbirnen ein? Wer kümmert sich um ausstehende Erledigungen? Und wer belegt seinen Stuhl im Sozialraum?

Zuviel Kaffee werden wir bald haben. Durcheinander wird es geben und im Dunkeln werden wir dasitzen.

Kalt wird es sein, Schneeräumen müssen wir ab sofort selbst und unsere oft makabren Scherze finden auch keinen Abnehmer mehr.

So wird es zur unausweichlichen Tatsache: Er geht!

Wäre es nicht möglich gewesen, noch ein paar Jahre anzuhängen?

Ober wenigsten nebenbei, als Rentner, den Hausmeisterjob zu übernehmen?

Aber nein: Er geht!

Schaut ihn euch an, wie fit er noch ist. Jetzt will er die neue Freiheit genießen. Aber an uns scheint er nicht zu denken. Alleine lässt er uns zurück. Er geht!

Nun gut. So sei es dann, wenn`s wirklich sein muss...

Aber ganz im Vertrauen:

Sollte das Kopiergerät Toner brauchen, das Druckerpapier ausgegangen sein, Lampen nicht brennen, die Heizung kalt sein oder wir Dich einfach sonst irgendwie brauchen – anrufen dürfen wir dich schon, oder?!

Ich mag ihn trotzdem

Ich habe es nicht immer leicht mit ihm, das muss
ich zugeben. Vermutlich liegt das auch daran,
dass wir unterschiedliche Sprachen sprechen.
Okay, wir versuchen beide uns kommunikativ
anzunähern, was allerdings oft nicht so recht
klappen will.

Diese Missverständnisse, ich nenne sie mal so,
beruhen auf Gegenseitigkeit.

Sicher fehlt es weder ihm noch mir an gutem
Willen. Nur scheint uns manchmal das Verständnis für das Wesen des anderen abzugehen.

Klar, er ist der Boss. Aber ich bin auch wer. Ich
habe auch meinen Kopf, meine Bedürfnisse und
meine Eigenheiten. Und während ich diesen,
meinen Eigenheiten hin und wieder nachhänge,
geht es ihm, so glaube ich wenigsten, oft nur darum, seinen Kopf durchzusetzen.

Das wiederum tut er dann regelmäßig auf eine
Weise, die ich, selbst bei größtem Wohlwollen,
einfach nicht kapiere.

Eigentlich sollte ich gar nicht jammern, geht es mir doch recht gut. Ich wurde von Anfang an gut aufgenommen, habe eine hübsche Freundin, wohne in einem freundlichen, warmen Heim und werde mit schöner Regelmäßigkeit schmackhaft satt.

Aber, wie allgemein bekannt ist, machen fressen, schlafen und ein Dach über dem Kopf noch lange nicht glücklich.

Wobei, ich bin ganz ehrlich, unglücklich bin ich auch nicht. Nur manchmal, oft, gefrustet. Gefrustet über so viel Ignoranz und fehlende Empathie.

Natürlich liegt es auch hin und wieder an mir, wenn wir unterschiedlicher Meinung sind. Was allerdings auch in der Natur der Sache selbst liegt.

Meine Gene, meine Vorlieben, mein Wille sind einfach anders geartet. Anders als bei ihm.

Es stimmt schon, dass er viel für mich tut. Dass er meine Bedürfnisse berücksichtigt, sich sorgt und mir ein schönes Leben bereiten will.

Den letzten Drücker jedoch, das I-Tüpfelchen, das hat er noch immer nicht drauf.

Zu oft setzt sich sein „ich bin der Chef" durch. Zu oft höre ich -für mich- sinnlose Kommandos. Zu oft will er sofort und unverzüglich eine Reaktion auf seinen Befehl sehen.

Ich glaube manchmal, er erwartet zu viel. Zu viel von mir – aber auch viel zu viel von sich selbst.

Er träumt davon, der perfekte Boss zu sein – und glaub im Gegenzug, auch von mir Perfektion abverlangen zu können. Nun – das kann ich ihm halt leider nicht bieten. „Nobody is perfect": Das trifft logischerweise auch auf mich zu.

Den Großteil der Zeit, die wir zusammen verbringen, versuche ich ihm zu gefallen. Ich achte auf ihn, gucke, ob er etwas von mir möchte, folge seinen Ordern artig und tue ganz selten das, wonach mir der Kopf steht.

Wenn ich allerdings dann einmal meinem Innersten folge, wenn ich die Welt um mich herum vergesse, wenn ich nur noch der bin, zum dem mich die Schöpfung gemacht hat, dann kann ich darauf warten, anzuecken.

In solchen Momenten nämlich bin ich ganz ich. Die Welt um mich herum schrumpft auf das einzige, jetzt gewollte Tun zusammen. Ich höre und sehe nur noch mein auserkorenes Ziel.

Und bin dadurch ihm gegenüber unaufmerksam.

Keine Spur davon, dass ich ihn absichtlich igno-
riere. Kein Gedanke, dass ich bewusst seinen
Anordnungen nicht folge leiste.

In solchen Momenten bin ich einfach hin und
weg.

Leider -wohl weil er mich nicht genau genug
kennt- unterstellt er mir dann Absicht. Absichtli-
che Ignoranz, Eigensinn, Unartigkeit.

Was dann hin und wieder folgt ist ein Umstand,
der ihm dann auch nicht passt.

Wenn er mich also schimpft, erregt oder grantig
ist, ziehe ich erstmal den Schwanz ein. „Vorsicht
ist die Mutter der Porzellankiste".

Zumal mir ja in den meisten Fällen gar nicht bewusst ist, was ich verbrochen haben soll.

Merkt er in solchen Momenten dann, dass ich
ängstlich, vorsichtig bin, wird er gleich wieder
weich und will mich tun lassen, was immer ich
möchte.

Nur, dass ich -gebranntes Kind scheut das
Feuer- mich dann erstmal nichts mehr trau. Si-
cherheitshalber laufe ich, nein ich trotte, dann
mit hängendem Kopf neben ihm her.

Ein Umstand, der ihm auch wieder nicht gefällt. Er ist nämlich der Meinung, dass, wenn die Schelte oder Strafe „rum ist", alles wieder beim Alten sein sollte.

Denkt er.

Ich bin aber trotzdem noch einige Zeit auf der Hut. Nicht, dass ich wieder ein Fass ausschütte.

Wie aber schon gesagt, auch meine Demutshaltung passt ihm nicht. So dauert es immer eine Weile, bis ich mich wieder nach vorne wage.

Dass sind dann die Momente, in denen ich merke, dass er mich eigentlich gar nicht schimpfen wollte. Nach solchen Aktionen ruft er mich dann immer oft zu sich, verteilt Streicheleinheiten und belohnt mein Kommen mit etwas Leckerem.

Im Großen und Ganzen passt es schon zwischen uns. Zumal er sich sehr gebessert hat, seit seine Frau ihm einiges an Hintergrundwissen hat zukommen lassen.

In meiner Anfangszeit bei ihm im Haus war es schon oft sehr schwierig. Ich wusste halt noch gar nicht, wie ich mich zu benehmen hatte, er hatte null Ahnung und wohl auch etwas Angst.

So haben wir oft aneinander vorbei agiert, was folgerichtig kaum Liebesbezeugungen oder körperliche Nähe zugelassen hat.

Nach und nach -ich werde ja auch älter- haben wir uns dann angenähert.

Ich habe gespürt und im täglichen Leben gemerkt, dass er eigentlich ganz nett ist. Auch er hat im Laufe der Zeit durchaus Zuneigung zu mir entwickelt und mich als Familienmitglied anerkannt. Wenn auch als unterrangiges. Aber daran arbeiten wir   -arbeite ich- beständig.

Mittlerweile gibt es so einige Situationen, in denen er gar nicht mehr merkt, dass ich das Heft des Handelns in der Hand halte.

Wie schon gesagt: Eigentlich lässt es sich schon mit ihm aushalten.

Wenn da halt nicht sein pedantischer Gehorsamstick wäre. Für mich kommt es manchmal wie aus heiterem Himmel. Er ruft ein Kommando – und ehe ich reagieren kann (schließlich habe ich auch anderes zu tun…) wird der Ton schon schärfer. Brauche ich dann noch etwas länger zum Reagieren, kippt sein Ton von eindringlichem Befehl in Ärger um.

Das sind dann die Momente, in denen ich mich gar nicht wohl fühle in seiner Gegenwart.

Ja, es stimmt. Eigentlich müsste ich ihn längst kennen. Eigentlich müsste ich seine gelegentlichen Gehorsams-Anfälle einfach erdulden. Eigentlich müssten meine Ohren in solchen Momenten auf Durchzug schalten.

Denn kurze Zeit später -so ist es immer- tut ihm sein harter Ton schon leid. Dann will er mich knuddeln, mir Gutes tun, mich herzen und alles auf null stellen.

Aber ganz ehrlich: Mich ärgert dieses Verhalten jedes Mal wieder.

Wie allerdings schon kurz erwähnt, wird unser Zusammenleben mit jedem Monat harmonischer. Manchmal, wenn ich gut drauf bin, lege ich mich morgens sogar zu ihm ihn Bett. Er kann nämlich ziemlich gut streicheln. Wobei mein Bett-Partner eher seine Frau ist. Für die bin ich ein einziges Goldstück. Für die mache ich nie etwas verkehrt. Für die bin ich alles.

Was ich nicht selten auch ausnutze. Gewusst wie....

Nun jedoch zurück zu ihm.

Was ich besonders gern tue, ist abends mit ihm auf der Couch zu liegen. Er behauptet zwar Freunden gegenüber, ich würde mit ihm Fußball gucken. Doch da täuscht er sich. Ich bin nur bei ihm auf der Couch, weil es ewig angenehm ist, zum Einschlafen den Bauch gestreichelt zu bekommen.

Morgens, wenn ich genug vom Schlafzimmer habe, klappt mein Trick mittlerweile schon einige Zeit. Ich stelle mich an sein Bett, nahe beim Kopfkissen und beginne zu sprechen und zu grunzen. Er streichelt mich dann und glaubt, ich würde vor Wohlgenuss diese Laute von mir geben.

Weit gefehlt: Ich habe mitbekommen, dass er nach ein paar Minuten mit der Streichlerei aufhört und mich ins Bett locken will. Wenn ich seinem Betteln nicht nachkomme, steht er meistens auf. Genau das ist es, was ich mit meiner Aktion immer bezwecken will.

Cool finde ich, dass er immer erst mich drannimmt. Erst zieht er mich an, dann mein Mädchen. Ich darf zuerst das Haus verlassen, meine Freundin muss sich anstellen. Gleiches gilt beim

Saubermachen. Erst rubbelt er mich trocken und sauber, dann sie.

Er passt schon. Größtenteils.

Wenn da nicht sein Gehorsamstick wäre... Aber gut. Jeder Mensch hat seine Fehler. Auch mein Herrchen.

Ich, Paul der gelbe Labrador, mag ihn trotzdem.

Tom`s Angst

„Nein! Nicht!" rief der kleine Tom und rannte seinem bunten Ball hinterher. „Nein, bitte nicht!" hallte es nochmals durch die enge Gasse.

Aber der Ball wollte nicht hören. Lustig rollte er die Gasse hinunter, fing bei den Treppen leicht zu hüpfen an und landete schließlich mit einem lauten Platschen im Mühlbach.

Ehe sich der kleine Tom versah, tanzte sein Ball auf den Wellen, drehte sich im Wasser und zeigte dabei all seine Farben.

Mit hängendem Kopf stand der kleine Tom am Bachufer. Zwischen seinen Tränen sah er, wie sein Ball weiter und immer weiter auf dem fließenden Wasser davonschwamm.

„Mein schöner Ball," schluchzte der kleine Tom und wischte sich mit dem Handrücken über Nase und Augen. Als der kleine Tom dann wieder aufsah, war der Ball hinter der Biegung des Baches verschwunden.

Viel zu schnell war alles gegangen. Ein einziges Mal nur hatte der kleine Tom seinen Ball losgelassen. Ein einziges Mal nur – und schon war der Ball davongesprungen. Viel schneller, als der kleine Tom laufen konnte. Die Gasse hinunter, über die Treppen und hinein in den Bach. Dort wurde er dann vom Wasser weggetragen.

„Vielleicht bleibt er in der Mühle hängen", schöpfte der kleine Tom etwas Hoffnung. Aber dorthin, zur Mühle, wagte sich der kleine Tom nicht. Denn dort, vor der Stadt, wohnte der Müller.

„Spiel nicht an der alten Mühle!", sagte die Mutter vom kleinen Tom immer wieder, „dort wohnt ein alter, ganz böser Mann!".

Alle Mütter in der Stadt sagten das zu ihren Kindern. Und wie alle anderen Kinder hatte auch der kleine Tom große Angst vor dem Müller.

Einmal, in der Stadt, da hatte der kleine Tom den Müller gesehen. Ganz alt, zottelig und vor sich hin brummelnd war der Müller plötzlich vor Tom gestanden. Und logisch – der kleine Tom war so schnell er konnte davongerannt.

Aber jetzt, wo der Ball vielleicht in der Mühle hängengeblieben war, wusste Tom nicht so recht was er anstellen sollte. „Vielleicht hat ja der Müller den Ball gefunden und aus dem Wasser gefischt?" überlegte Tom. Langsam, unschlüssig, ging der kleine Tom am Bachufer entlang.

Nach der Biegung, wo vor kurzem der Ball verschwunden war, sah der kleine Tom in der Ferne die alte Mühle. Schon von weitem konnte Tom sehen, wie sich das riesige Wasserrad drehte. Vor Angst immer langsamer werdend, tippelte der kleine Tom auf die Mühle zu.

Und plötzlich erschrak er! Er erschrak so sehr, dass er ganz bleich im Gesicht wurde und vor lauter Angst nicht einmal mehr weglaufen konnte.

Ganz plötzlich, wie aus dem Nichts, stand der alte Müller vor ihm. Groß, düster und mit einem Gesicht voller wuchernder Haare.

„Was suchst du hier, Rotznase?!", dröhnte der alte Müller. Aber der kleine Tom brachte kein einziges Wort heraus. „Mein Ball", wollte der kleine Tom sagen, es kam aber kein Laut über seine Lippen.

„Mutter, hilf mir!", dachte der kleine Tom, wie er so winzig vor dem großen alten Müller stand.

Da nahm ihn der alte, bärtige Müller am Arm. „Komm mit!", brummte der Müller und zog der kleinen Tom über den schmalen Steg zu Mühle.

„Das gehört Dir, oder?!" fragte der alte Mann und holte hinter einem Holzstoß Tom´s bunten Ball hervor.

„Ja", nickte Tom mehr als dass er sprach. Denn reden konnte er immer noch nicht.

„Dann nimm Deinen Ball und lauf in die Stadt zurück, bevor es dunkel wird," sagte der alte Müller, ehe er plötzlich schelmisch zu lachen anfing.

Ohne sich umzudrehen, ohne danke zu sagen, rannte der kleine Tom aus der Mühle. Rüber über den Steg, so schnell er nur konnte und am Bachufer entlang auf die Stadt zu.

Ganz eng drückte der kleine Tom seinen bunten Ball an sich. Dann, nach einer Weile, blieb der kleine Tom außer Atem stehen und drehte sich vorsichtig um.

Dort, ganz hinten am Steg bei der Mühle, sah der kleine Tom den alten Müller stehen. Und der alte Müller winkte Tom tatsächlich zu.

Etwas unschlüssig drehte sich der kleine Tom wieder um, denn er wagte nicht zurückzuwinken.

Aber von diesem Tag an hatte der kleine Tom keine Angst mehr vor alten Menschen. Und vor dem alten Müller schon gar nicht.

Renn!

Unser beider Leben besteht aus hauptsächlich zwei Dingen: Arbeit und Urlaub. Selbstverständlich überwiegt der Anteil Arbeit, denn erst durch diesen werden uns die Reisen ermöglicht. So tun wir zehn Monate im Jahr unser Möglichstes, verbiegen uns, kennen oft kein Wochenende, verzichten auf allerlei Freizeitbeschäftigungen – nur, um zweimal vier Wochen dem Zehn-Monats-Trott zu entfliehen.

Manchmal wird diese Handlungsweise ziemlich nervig. Meist dann, wenn der Vier-Wochen-Block noch recht weit entfernt ist.

Zumal wir beide recht ungewöhnliche Berufe haben. Meine Frau, Tanja, ist Hundefriseuse mit mobilem Schneidesalon. Ich bin Beleuchter im Theater und nebenbei, besonders rund um die Vorstellungen, das Mädchen für alles.

Ich weiß, was Sie jetzt denken: „Eine sehr ungewöhnliche Kombination."

Recht haben Sie. Aber wir, Tanja und ich, sind in diese Jobs hineingewachsen -oder besser hineingeschliddert- und fühlen uns jetzt ziemlich wohl darin.

Auch deshalb, weil zweimal im Jahr die große Auszeit auf uns wartet. Egal, wie lästig Hunde, Frauchen, Schauspieler oder Theater-Publikum sein mögen. Das Ziel leuchtet schon von weither: Zweimal, jeweils im Mai und Oktober, fahren wir für knapp 30 Tage nach Sardinien.

„Sardinien," werden Sie denken, „warum Sardinien?".

Nun, diese Frage ist recht einfach erklärt: Erstens gibt es auf der Insel keine Hunde. Kaum Hunde. Denn Tanja kann zweitweise keine Vierbeiner mehr sehen. Verständlich, oder?

Zweitens lieben wir „unseren" Campingplatz am Meer, an der Ostküste bei Olbia. Dort stehen wir, wann immer es geht, direkt am Strand mit Blick auf das türkisblaue Wasser. Stehen deshalb, weil wir mit unserem Wohnmobil unterwegs sind. Diese fahrbare Wohnung -wir haben uns den Luxusliner von einer Erbschaft gekauft- bietet allen Komfort, schafft auch in Sardinien das Gefühl von Heimat und kann überall, sofern der Platz reicht, geparkt werden. Also auch unmittelbar am Strand.

Solch ein Camping-Stellplatz in erster Reihe hat nicht nur den Vorteil des freien Blicks auf das Meer, sondern kommt Tanja und mir auch aus körperlichen Gründen zugute. Wir sind nämlich beide regelrechte Wasserratten und in den Wellen flotter und beweglicher unterwegs als an Land. Was natürlich seine Gründe hat.

Während ich seit einem Unfall im Theater -ich war früher gelegentlich auch Statist und Bühnenhelfer- auf einen Unterschenkel verzichten muss, bewegt sich Tanja überwiegen auf vier Rädern. Zwei großen hinten und vorne zwei kleinen. Tanja sitzt im Rollstuhl – meistens zumindest. Meine Frau hat von Kindheit an einen steifen Rücken und eine verschobene Hüfte. Damit kann sie zwar (könnte sie zwar) hin und wieder auch ohne Gehhilfe auskommen, der dabei entstehende Watschelgang, der einer schwangeren Ente gleicht, zieht aber regelmäßig zu viele Blicke auf sich, so dass Tanja auf diese Art der Aufmerksamkeit gerne verzichtet.

Mir hingegen, solange ich mich nicht oder nur behutsam bewege, merkt man meine Behinderung kaum an. Ich bin mit einer Unterschenkel- und Fußprothese ausgestattet, die man, solange ich eine Hose übergezogen habe, nicht sieht. Sobald ich aber zu gehen beginne, fängt mein

Oberkörper zu Schaukeln an, was den Hinweis auf einen Gehfehler zwangläufig bedingt.

Blöd ist es, wenn ich kurze Hosen oder gar Badehosen trage. Dann geht es mir wie Tanja mit ihrem Watschelgang.

Deshalb trage ich am liebsten lange Hosen, fährt Tanja vorwiegend mit dem Rollstuhl umher und deshalb parken wir unser Wohnmobil wann immer nur möglich auch direkt ganz vorn am Strand.

So haben wir einen möglichst kurzen Weg ins Wasser, der besonders mir bei abgelegter Prothese mit nur einem Fuß doch etwas schwerer fällt. Und auch die Gaffer halten sich, geblockt von unserem großen Wohnmobil, in Grenzen.

Diese eben erwähnten Gaffer, und auch sonstige nervige Touristen, sind es, die uns zu Urlauben in Mai und Oktober bewegt haben. Familien mit Kindern fehlen meist gänzlich und auch sonst hält sich die Zahl der urlaubenden Nordeuropäer in Grenzen.

Es kam schon vor, dass uns der Strand ganz alleine gehörte. Eine Wohltat. Denn Gehetze, Termine, nervige Kunden, exzentrische Theaterleute – das alles haben wir daheim zur Genüge.

Tanja hetzt dort oft von einer Kundschaft zur nächsten, wäscht und schneidet Hundefell nicht selten bis spät in die Nacht. Dazu scheint sie offenbar zu günstig zu sein. Denn Frauchen und Herrchen rennen ihr mit dem Wunsch nach einer Hundefrisur die Bude ein.

Kaum weniger hektisch ist es bei mir im Theater. Angefangen von Proben und Vorführungen, bei denen ich hinter dem Mischpult der Lichtanlage gefordert bin, haben die hochwohlgeborenen Herren und Damen des Schauspiels auch sonst vielerlei Wünsche und Ansinnen, die ich möglichst sofort und zur vollständigen Zufriedenheit zu erfüllen habe. Dass die Theaterleute einen Einbeinigen herumschicken und sich stets zu Diensten halten, juckt in den geheiligten Hallen der hohen Sprach- und Schauspielkunst niemanden.

Ich denke, Sie verstehen jetzt, warum uns, Tanja und mir, dieser Urlaub auf der Insel so wichtig ist.

Was selbstredend bedeutet, dass diese zwei Reisen im Jahr möglichst perfekt und störungsfrei ablaufen sollten. Daher auch das große Wohnmobil, das kaum Wünsche offen und den heimatlichen Luxus nicht vermissen lässt.

Dieses „perfekt und störungsfrei" sollte tunlichst schon bei der näheren Reiseplanung, spätestens aber bei der Anreise nach Sardinien beginnen.

Denn wie schon gesagt, Hektik, nervige Mitmenschen und sonstige Unwägbarkeiten haben wir das Jahr über genug.

Um also diesen uns selbst auferlegten Anspruch der (Urlaubs-)Perfektion erfüllen zu können, sind einige Vorarbeiten, Vorleistungen erforderlich.

Das beginnt bei der Buchung der Fähre vom italienischen Festland nach Sardinien. Ich glaube, Tanja und ich sind seit Jahren die ersten, die für das Folgejahr ihre Fähre buchen. Nun – lachen Sie nicht. Schließlich wollen wir nicht im Hafen stehen und das Schiff hätte keinen Platz mehr für uns.

Außerdem gönnen wir uns seit einiger Zeit jeweils eine Luxuskabine an Bord der Fähre. Rollstuhlgerecht, versteht sich. Und solche Kabinen sind rar. Aber wir, die Frühbucher, haben bislang immer eine dieser Kabinen gekriegt.

Gleiches gilt für die Maut-Aufkleber und den Auslandsschutzbrief. Wir, Tanja und ich, haben uns angewöhnt schon alles vorab zu besorgen, um dann unbeschwert die Fahrt in den Süden antreten zu können.

Mittlerweile sind wir schon recht gut eingespielt. Da weiß der eine, was der andere im Urlaub nicht missen will – und so wird dann auch das Wohnmobil gepackt. Während sich Tanja um die Zuladung von Kleidung, Medikamenten etc. kümmert, bringe ich das Woni in 100%ige Reiselaune, besorge mein leichtes Weizen (drei Kästen) und Kaffee-Pats für Sonja. Denn weder leichtes Weizen noch Café Grande gibt es in Sardinien.

Durchgeplant ist auch unsere Reiseroute. Was sie bei den schon erwähnten körperlichen Einschränkungen meiner Frau und mir sicher verstehen werden.

So haben wir einen festen Parkplatz kurz vor der Brennerautobahn, den wir jedes Jahr zum Übernachten ansteuern.

Wie gesagt, wir sind schließlich behindert und müssen die Belastungen gut kalkulieren.

Denn, da bin ich ganz ehrlich, wenn ich so lange am Steuer des Wohnmobils sitze, dann noch Tanja herumheben und den Rollstuhl schieben muss, bin ich nach ein paar Stunden ziemlich schlapp. Außerdem schmerzt mein Stumpf vom Gas geben…

Weil wir das aber alles über die Jahre wissen, verhalten wir uns danach. Daher die durchgeplante Reise, daher das luxuriöse Wohnmobil, daher die Frühbuchung von Fähre und Kabine und daher der Campingplatz nah am Strand. Am besten ganz vorne....

Bislang – abgesehen vom vergangenen Mai – hat unsere Planung größtenteils perfekt hingehauen. Reisetechnisch war auf den Fernstraßen kaum etwas los, die Fähre war selten ausgebucht und auch der Campingplatz war meistens nur schwach frequentiert. Bislang – wie gesagt.

„Schatz," wies mich meine Rollstuhl-fahrende bessere Hälfte darauf hin, „heuer haben Bayern und Baden Württemberg im Mai Ferien!"

„Ach," war meine abwehrende Antwort, „die fahren doch nicht alle auf unseren Campingplatz nach Sardinien!"

„Die Schweizer haben auch Pfingsturlaub," schob Tanja hinterher, „Hoffentlich kriegen wir einen schönen Platz vorne am Strand. Vielleicht sollten wir reservieren?"

„So ein Käse," dachte ich bei mir. Warum sollte -erstmals- im Mai der Campingplatz so sehr belegt sein?

Ich versuchte -was mir aufrichtiger Weise nicht komplett gelang- Tanjas Bedenken zu zerstreuen.

„Außerdem," dachte ich mir, „wer fährt schon wegen zwei Wochen Ferien nach Sardinien? Wer nimmt Anstrengungen wie die weite Anreise und die Überfahrt per Fähre in Kauf?"

Kaum jemand! Dachte ich zumindest.

Ergänzend sollte ich vielleicht erwähnen, dass ich zum Zeitpunkt der hier noch zu schildernden Reise einen entzündeten Stumpf hatte. Ok, Tanja hatte recht, wenn sie meinte, ich sei selbst schuld, weil ich die Prothese nicht ordentlich gereinigt und desinfiziert hätte. Dies änderte allerdings nichts an dem Umstand, dass mein Stumpf zu Beginn unseres ersten Urlaubsblocks im Mai entzündet war.

Und schmerzte – logischerweise.

Dieser Umstand wird in meiner Geschichte noch einmal wichtig. Egal, ob ich die Entzündung selbst zu verantworten hatte oder nicht.

Jedenfalls wurden Bedenken hinsichtlich eines wegen Schulferien überfüllten Campingplatzes ebenso beiseitegeschoben wie Gedanken hinsichtlich möglicher Staus auf der Autobahn Richtung Italien.

Zumal ich ja nicht doof bin! Behindert, einbeinig – ja. Aber nicht doof!

Also entschloss ich mich, Sonntag als Anreisetag zu nutzen. Kein LKW-Verkehr, noch kaum Urlaubsverkehr im Mai – eine flüssige Anreise nach Livorno, unseren Fährhafen, war also fast garantiert.

Dachte ich. Dachten wir.

Was sich dann aber, an einem Sonntag (!!!), auf der Autobahn gen Süden abspielte, spottet jeder Beschreibung. Von wegen und kein Urlaubsverkehr!

Es schien fast so, als wollte ganz Deutschland, egal ob Urlaub oder Schulferien, über Österreich nach Italien fahren.

„Eine entspannte Anreise gehört schon zum Urlaub!", war stets unsere Devise. War... Denn die besagte Fahrt Anfang Mai gen Italien war ganz weit weg von „entspannt".

Hatte uns das Navigationsgerät unseres Wohnmobils anfangs noch eine Hafen-Ankunft um 16.30 Uhr avisiert, verschob sich die Ziel-Zeit mehr und mehr nach hinten.

Nach rund einem Drittel der Strecke, nach etwa 350 Kilometern, war die Ankunftszeit schon um drei Stunden nach hinten gewandert. Im Klartext: Bereits zu Beginn unserer Urlaubsreise verbrachten wir drei Stunden im Stau.

Was wiederum weder der Stimmung im Wohnmobil noch der Entzündung meines Stumpfes zu Gute kam.

Aber was hätte ich tun sollen? Die Fähre war gebucht, wir mussten also nach Livorno. Und dieser unsagbar dichte Verkehr war nun wirklich nicht zu erwarten gewesen.

Bedauerlicherweise -die Wohnmobil-Stimmung betreffend- fiel exakt an diesem Sonntag die Klimaanlage des Hymer-Mobils aus. Umso schlimmer der Umstand, dass es sich um das bisher heißeste Wochenende in Nord- und Mitteleuropa handeln sollte. Blöd gelaufen...

Fast schon tragisch -wieder die allgemeine Stimmungslage zwischen Tanja und mir betreffend- war die Tatsache, dass die Klimaanlage auf der Fahrerseite funktionierte, während Tanja auf dem Beifahrersitz in eigenen Saft zu schmoren begann.

Überflüssig zu sagen, dass ich dies rhetorisch auch zu spüren bekam.

„Du hast gesagt, wir fahren am Sonntag!!!" war noch der geringste Vorwurf meiner Gattin.

Einen Tiefpunkt der Stimmung erreichten wir etwa auf Höhe von Florenz.

Unsere Staustandzeit betrug mittlerweile über sieben Stunden, die Gefühlslage meiner Beifahrerin minus 20 Grad Celsius.

„Hoffentlich wollen die nicht alle nach Sardinien. Hoffentlich kriegen wir einen guten Platz am Meer. Hoffentlich klappt das mit der Fähre..." Unzählige solcher Sätze musste ich mir anhören. Beschwichtigungen, Erklärungen fruchteten dabei wenig bis gar nicht.

Letztendlich erreichten wir den Hafen von Livorno. Um Mitternacht.

Und dort ereilte uns die nächste Widrigkeit: Die Zufahrt zum Hafenparkplatz war verschlossen. „Aperto 06.00 h" - konnten wir lesen.

Nur, wo sollten wir unser großes Wohnmobil solange hinstellen? Letztendlich parkten wir unseren Luxusliner zwischen Lastwagen, stellten den Wecker auf 06.00 Uhr und fuhren dann, nach ein paar Stunden unruhigen Schlafs, in den Embargo-Bereich des Fährhafens ein.

Was Tanja dort jedoch zu sehen bekam, schuf unversehens wieder die Stimmung des Vortages: Der Parkplatz der Fahrzeuge, die nach Sardinien übersetzen wollten, war rappelvoll.

So langsam begann auch ich mir Gedanken über unseren Campingplatz, über unseren Flecken direkt am Meer zu machen...

Zum Glück hatten wir unsere Fährtickets schon Monate vorher geordert.

Endlich mit unserem Wohnmobil an Bord, endlich in unserer gewohnten Luxus-Behinderten-Kabine, schickte Tanja eine SMS an die Campingplatzverwaltung. Mit der Bitte um Auskunft, ob denn noch genügend Plätze, insbesondere vorne am Strand, frei wären.

Sie können sich sicher denken, dass die Stimmung während der knapp zehnstündigen Überfahrt von Livorno nach Olbia in unserer Kabine nicht die Beste war. Zumal nach etwa der Hälfte der Zeit eine SMS auf Tanjas Handy aufleuchtete.

Tanja, die auf dem Bett gelegen und gedöst hatte, las die Kurznachricht, wechselte die Gesichtsfarbe und schrie mich wortlos mit feuerspeienden Augen an.

„Lies!" war das einzige Wort, das sie mir gönnte.

„Sorry friends. We are completly full. German-holidays." lautete die Antwort des Campingplatzes. „Unseres" Campingplatzes.

„Ich geh auf keinen anderen!", knurrte meine Gattin von Bett zu Bett in der Schiffskabine. „Ich hab Dir gleich gesagt, reserviere!", schob sie dankenswerter Weise nach und versprühte Gift mir ihren Augen...

So wurde ich ruckzuck zum Sündenbock überfüllter Autobahnen, kaputter Klimaanlagen, geschlossener Hafenparkplätze und ausgebuchter Campings. Super!

Dass mein Stumpf glühte, juckte, schmerzte – dass ich 1.000 Kilometer fast am Stück gefahren war – dass ich Tanja mit dem Rollstuhl quer durch das Schiff chauffiert hatte.... egal.

ICH HATTE NICHT RESERVIERT! UNSER PLATZ AM STRAND WAR WEG!

Der geneigte Leser mag sich vorstellen, mit welchen zwischenmenschlichen Schwingungen wir die Fährüberfahrt hinter uns brachten und dann - mit beiderseits mulmigem Gefühl- unseren Stamm-Campingplatz auf Sardinien ansteuerten.

All mein (wenngleich nur zur Schau gestelltes) gutes Zureden, all mein (nicht ganz echtes) positives Denken prallte an Tanja ab wie ein Wassertropfen auf einem Ölfilm.

Auf Deutsch: Wie hatten eine Scheiß-Stimmung im Wohnmobil auf dem Weg zum Campingplatz.

Dort angekommen, parkten wir den Hymer nahe beim Eingang zum Campingplatz und begaben uns zur Rezeption. „Begaben uns" bedeutet, dass ich zuerst den Rollstuhl aus dem Wohnmobil hieven musste. Dann hob ich Tanja aus dem Fahrzeug und setzte sie in den Rolli. Dann schob ich Rolli samt Tanja, humpelnd, unter Schmerzen wegen des entzündeten Stumpfs, Richtung Rezeption.

„Mach schneller!", wurde ich von meiner besseren (?) Hälfte eiskalt angetrieben, obwohl ich hinten am Rolli hing und eigentlich unüberhörbar vor Schmerzen stöhnte.

„Mach! Vielleicht ist ja doch noch etwas frei vorne am Strand!", forderte Tanja gnadenlos Rollstuhl-Höchstgeschwindigkeit gen Rezeption.

Dort angekommen, konnte ich vor Schmerzen kaum mehr stehen. Am liebsten hätte ich mir die Prothese vom Bein gerissen....

Nur, dass das augenscheinlich niemanden interessierte.

Tanja verhandelte mit der Dame der Campingplatzverwaltung.

„Los, wir müssen uns schnell die 83, die 100 und die 103 anschauen!" forderte Tanja ohne Gnade meine Schiebedienste. „Wir müssen dort sein, ehe andere einen der Plätze belegen!"

Ohne Widerrede, ohne Kommentar, schob ich den Rollstuhl in mir möglicher Höchstgeschwindigkeit Richtung Strand. Dorthin, wo vielleicht doch noch ein Platz für uns frei wäre. Mir liefen vor Schmerzen die Tränen an den Wangen hinunter. Leute, die uns zusahen, wunderten sich sicherlich, warum ein derart schmerzverzerrter Humpelnder so schnell einen Rollstuhl schieben musste.

Tanja war gnadenlos. „Mach!" Schneller!", waren ihre keifenden Kommandos an den Rollstuhl-Schieber.

Als wir dann endlich unten an den Stellplätzen beim Strand angekommen waren, wurde uns sofort klar, dass -wegen der Größe unseres Wohnmobils- höchstens Platz Nr. 103 in Frage käme.

103 lag zwar nur in zweiter Reihe zum Strand, war aber letztendlich besser als nichts.

Ich spürte unendlich brennende Schmerzen in meinem Stumpf, während wir ausdiskutierten (und übereinkamen), den Platz Nr. 103 zu nehmen.

Glück gehabt, dachte ich bei mir. Trotz Ferien. Trotz fast ausgebuchtem Campingplatz.

Aber noch hatten wir die 103 nicht. Schließlich waren noch weitere Touristen unterwegs und guckten sich Plätze an.

„Los! Den nehmen wir!", entschied Tanja ohne größere Überlegungen. „Hoffentlich hat nicht schon jemand anders die 103 gewählt!"

Mir war in diesem Moment schon klar, wer die Buchung fix machen müsste.

Obwohl ich wusste, dass mein schmerzender Stumpf, meine Müdigkeit und Abgeschlagenheit der langen Fahrt für Tanja keine Argumente waren, hoffte ich in diesem Moment insgeheim, sie möge mit dem Rollstuhl eigenhändig zur Rezeption fahren und die 103 für uns festmachen.

Aber alles was ich zu hören bekam war: „Ich will die 103! Los! Renn!"

So humpelte der schmerzgepeinigte Einbeinige zur Rezeption, die 103 zu sichern.

PS: Wir hatten tolle vier Wochen auf dem Platz Nr. 103.

Der perfekte Weg zurück

Die Zeitmaschine funktionierte prächtig – das teilweise schon heftig ergraute Publikum wurde in rasantem Tempo in die „Siebziger" zurückversetzt.

Was Skeptiker wohl nicht zu Unrecht annahmen, nämlich das fünf abgehalfterte Rockstars der Kohle wegen einen Abklatsch der Vergangenheit abliefern würden, hat sich zum Glück nicht bestätigt.

Im Gegenteil! Die „alten Herren" legten los wie die Feuerwehr.

Engagiert, vor Spiellust sprühend, dass so mancher Zuschauer meinte, die verbesserte Version der „Made in Japan" zu hören und zu sehen.

Nichts war zu spüren von Tournee-Stress, nichts vom doch schon erlesenen Alter der Gillan und Co..

Was die Jungprofis im Vorprogramm verzweifelt versucht hatten, nämlich Stimmung und Drive in die Halle zu bringen, gelang den Edelrockern geradezu mühelos. Spielerisch.

Von wegen Abgesang auf vergangene Zeiten –
frisch, quirlig, vielleicht sogar besser als in der
Urzeit der Band, präsentierten die „Speed Kings"
ihr Repertoire. Belebt von Neuzugang Joe Satri-
ani, der mit seiner brillanten Gitarrentechnik das
Denkmal Ritchie Blackmoore, wenn auch sicher
ungewollt, schonungslos vom Sockel stieß.

„Highwaystar" war der Startschuss zu einer un-
vergesslichen Sommernacht. Der Ausklang mit
„Smoke on the water" setzt einen Schlusspunkt,
der noch Stunden nach Konzertende in den
Köpfen der begeisterten Fans herumschwirrte.

Was dazwischen lag war Hardrock pur, war Musik, die schon vor ein paar Jahrzehnten Geschichte geschrieben hat und die -wie das Konzert bewies- bis heute nichts an Attraktivität und
Klasse verloren hat.

Während man daheim die alten Purple-Platten
bislang als schöne Erinnerung an die Jugendzeit
abspielte, wurden die gleichen Songs plötzlich
zu Hymnen, dargebracht im Einklang von Musi-
kern und Publikum, vorbei an jedweder Zeit- und
Altersgrenze.

25 Jahre die LPs der Band zu hören ist das eine.
Die Kult-Rocker nach so langer Zeit aber mehr
als lebendig „on stage" zu erleben, mitzusingen,

mitzuträumen, jeden gesellschaftlichen und beruflichen Rang -wenn auch nur für zweieinhalb Stunden- völlig zu vergessen, ist das andere.

Das waren keine leitenden Angestellten, keine Geschäftsleute, keine seriösen Familienväter und keine Hausfrauen: Pure beglückte Fans waren es, die ihre nimmermüden Lieblingshits schon an den Anfangsklängen (logisch!) erkannten und fast frenetisch in Musik und Bühnenshow aufgingen.

Klar, dass dieser Funke, welcher eigentlich gar nicht mehr entfacht werden musste, ständig Band und Publikum hin und her pendelte.

Da blieben zwangsläufig keine Gedanken mehr an den Alltag, an die vergangenen knapp drei Jahrzehnte, da wurde mitgestampft („Maybe i´m a Leo"), mit-intoniert („My woman from Tokyo"), gebluest und geträumt („Anyone´s daughter").

Knapp 4.000 Zuschauer genossen, lebten mit dem Spektakel. Wen man auch fragte – keiner konnte sich an ein derartig mitreißendes Konzert erinnern.

Logisch, dass dabei auch Orgelsoli vom völlig ergrauten John Lord, Bassriffs von Roger Glover und das Deep-Purple-obligatorische Drumsolo von Ian Paice Wellen der Begeisterung auslösten.

„Thank you, you´re so kind!", bedankte sich der stimmgewaltige Ian Gillan am Ende.

„Danke!", dachten wohl auch alle Zuschauer. „Das war weit mehr, als wir erwartet haben."

„Space trucking" – die Zeitmaschine von Deep Purple funktionierte prächtig.

GEDICHTE

Bedenke, dunkler Bruder

He du, dunkler Bruder – sag wo kommst du her?

Bist du nicht aus Hungerland, dort am Schwarzen Meer?

Wir haben dich dort hergeholt – in der guten Zeit

sag bloß, dunkler Bruder, du hast das bereut

Läuft dir was zuwider? Geht es dir nicht gut?

Bist mir oft zu zornig – bist zu oft in Wut!

Hast Du hier nicht alles – mehr als je zuhaus`?

Wenn du nicht bald still bist, fliegst du wieder raus!

Bedenke dunkler Bruder – du bist Gast im Land

tu nicht so als hättest du, einen schweren Stand

Arbeit, Frau und Kinder – die Sippe obendrein

kannst doch wirklich glücklich und zufrieden sein!

Mach schon, dunkler Bruder, ordne dich bald ein

vergesse deine Herkunft – darfst Bundesbürger sein!

Darfst alles tun und lassen, was nicht and´re stört

und von mir aus Allah preisen - wenn es keiner hört

Vergiss nicht, dunkler Bruder, Alemania, das ist hier!

Nicht Türkei, nicht Istanbul – und hier trinkt man Bier.

Isst Schweinefleisch in Massen – ist vaterländisch treu

aber gegen dunkle Brüder, hat man seine Scheu

Drum denke, dunkler Bruder,

                      ob Geld und Wohlstand lohnt

wo zwischen Türk und Deutschen,

                      keine Freundschaft wohnt

aus Hungerland da stammst du, dort am Schwarzen Meer

mit echten Freunde, Menschlichkeit

                      – das vermisst du sehr.

Bedürfnisse verlangen ihr Recht

Drei Wochen sollte es dauern

dann wäre der Zustand vorbei

Bedürfnisse sind abzulauern

ob „groß" oder „klein" einerlei

Dass schöne Worte nichts gelten

war uns schon länger bewusst

so will ich auch niemanden schelten

doch hätt` ich schon gestern „gemusst"

Drum warten wir unverzagt weiter

verdrücken so lang` es nur geht

und bleiben trotz allem noch heiter

wenn`s uns bis zur Halskrause steht

Da kommt das her...

Als wenn eine Ader geplatzt wäre - tief in dir drin

du spürst dein Blut pulsieren – ohne scheinbaren Sinn

es füllt dich auf – du bist trotzdem so leer

was ist der Grund dafür – wo kommt das her?

Du fühlst dich so allein – willst es gar nicht sein

machst alle Türen auf – doch keiner kommt rein

zieht die Luft nur nach außen – das Atmen fällt schwer

wo ist der Grund dafür – wo kommt das her?

Alle Gedanken sind weg - es schnürt dich `was ein

wo bleibt die Phantasie – wo des Kolumbus Ei

die alte Überlegenheit – sie fehlt dir so sehr

was ist der Grund dafür – wo kommt das her?

Du spürst es doppelt-schwer – kannst es nicht verstehn

keine offene Wunde und es tut trotzdem so weh

will gar nicht aufhör`n – wird immer mehr

was ist der Grund dafür – wo kommt das her?

Es ist dein Ich – was dich rastlos macht

du hast dein eigenes Leben – unglücklich gemacht

schau in den Spiegel – setz Dich zur Wehr

das ist der Grund dafür – da kommt das her!

Das Kasernen-Gedicht

Es ist stets dieselbe Scheiße, es ist stets derselbe Trott

du sitzt hier in der Kaserne und es macht die ganz kaputt

morgens früh beim Wecken denkst du, ich wär gerne noch
zuhaus`

`doch dann kommt schon der UvD und haut uns alles raus

Und beim Zähneputzen fällt´s die ganz allmählich wieder
ein

und du denkst, „Mensch, muss es in der Schule schön gewesen sein!"

Morgens früh dann beim Apell schreit unser Spieß so
furchtbar laut

dass es unsern müden Birnen fast das Trommelfell zer-
haut

und dann rückst du in den Raum ein, den man hier den
Lehrsaal nennt

doch dieser Ausdruck trifft nicht zu, denn hier wird nur ge-
pennt

und vorm Mittagessen fällt`s dir ganz allmählich wieder ein

und du denkst, „Mensch, muss es in der Schule schön gewesen sein!"

Ja du hast nen Bärenhunger und der Magen hängt am
Knie

zwar ist das Essen hier nicht schlecht, doch wie zuhause
schmeckt es nie

auch die Zeit ist knapp bemessen, eine Stunde hast du
bloß

und wenn du denkst, du kannst verschnaufen, ja dann
geht's schon wieder los

und wenn du dann die Treppe runterstürmst, dann fällt's
dir wieder ein

und du denkst, „Mensch, muss es in der Schule schön gewesen sein!"

Fassen wir doch mal zusammen, bei der BePo geht's dir
schlecht

du liegst immer völlig richtig, doch bekommst du niemals
recht

und wenn du dich einmal rührst, kriegst du 'ne Riesen-
schaufel drauf

und immer wieder denkst du, „Gib doch diesen Scheißjob
auf!"

und beim Abendessen fällt's dir ganz allmählich wieder
ein

und merkst, „Mensch bei der Bepo, bin ich doch ein armes
Schwein!"

Das kann der Sinn nicht sein

Wir bauen Raketen und Waffen für viel Geld

nur dass der Ami regiert auf der Welt

Wir installieren Bomben und reden von der Not

doch ist nie Geld da, für Wasser und Brot

Das kann der Sinn nicht sein!

Nein!

Wir haben kaum Arbeit und Hunger in der Welt

doch für einen Panzer gibt`s immer genug Geld

es stirbt der Baum, die Natur langsam krepiert

doch da ist niemand, der Geld investiert

Das kann der Sinn nicht sein!

Nein!

Des Menschen Meinung wird viel diskutiert

doch nicht von der Führung, die das nicht interessiert

es taugt jede Stimme als Prozent für die Partei

doch die Meinung dieser Stimme ist völlig einerlei

Das kann der Sinn nicht sein!   Nein!

Das Südtirol-Geschenk

Schon lange her, schon ganz weit weg

sagst Du „es wird nichts werden aus Steinegg

Der Führerschein kostet sehr viel Geld

D´rum wird das Zimmer abbestellt

So seid nicht böse – tut mir leid

und sagt dem Gastwirt gleich Bescheid"

Doch ich weiß einen guten Rat

die Ulla bald Geburtstag hat

was wird die Ulla sich wohl denken

wenn´s zum Geburtstag wir ihr schenken

zwar etwas früh – doch ganz egal

die Feier gibt's ein andermal

drum jeder der in Frankreich war

gibt sein Präsent der Ulla -bar-

Silvester seh`n wir uns alle wieder

die Pfingsten-Urlaub-Frankreich-Sieger

Der Denunziant

Da denkt einer – Mensch bin ich schlau

wenn ich andere in die Pfanne hau

manch kurzes Wort, manch langer Schrieb

der And´re kriegt dann einen Hieb

so komm ich -denkt ER- schnell voran

wenn ich schon sonst nichts and´res kann

Ein klärend Wort – viel besser wär`

doch bringt das leider keine Ehr`

bei Führung, Führer, Vaterland

-was für ´ne Schand`

Stehst ganz allein auf weiter Flut

wer bist du nur?

Wieviel sind Ruhm und Sternchen wert

dass man sich gar so sehr entehrt

im Spiegel schaut dich einer an

der sich selbst nicht leiden kann

Als Denunziant stets gut dabei - Schweinerei!

Der Polizei-Neubau

Ein Haus das will gebaut erst sein

sonst weiht es nachher keiner ein

viel Geld und Arbeit steckt darin

doch gibt's beim Ansehen keinen Sinn

Schießscharten und ein spitzes Dach

das legt den stärksten Bullen flach

ein Sockel gar – aus teurem Stein

hier muss der Staat zuhause sein

Ne Schleuse für die Sicherheit

damit ihr alle sicher seid

beim Festakt der Minister spricht

doch die hier Dienst tun, fragt man nicht

ein jeder kriegt sein eig´nes Zimmer

von Arbeitsablauf keinen Schimmer

und innen alles umgebaut
damit der Zoll recht neidisch schaut

ums ganz Haus `ne Mauer ´rum
da lachen sich die Tschechen krumm

ein Neubau manchen Vorteil hat
das setzt die stärkste Logik matt

und wer sich dann Gedanken macht
wird von der Führung ausgelacht

Ein Zimmer für den Unterricht
steht der Station gut zu Gesicht

braucht keiner mehr zum Zoll zu laufen
statt EKU muss jetzt Nothaft saufen

trotz Baubüro und Bauaufsicht
was Tolles ist´s ganz sicher nicht

Der Präsident

Früher war er ehrlich, strebsam und gerecht

heute geht es anders rum, das Gute das wird schlecht

war damals nur ein Kandidat, wollt´ Volksvertreter sein

hat seinen Posten ausgenutzt, war schändlich und gemein

Unsicherheit und Zweifel – hat keinem mehr getraut

zum Präsidenten aufgestiegen, die Macht nicht ganz verdaut

die Luft ist dünn, dort oben – das merkt er ganz genau

vielleicht ist´s gut, wenn ich geheim – dem Gegner auf die Finger schau

Doch ganz alleine ging das nicht – Helfer mussten her

die Drecksarbeit soll´n and´re machen – das half ihm scheinbar sehr

erschrocken war er -vor der Wahl- hat´s plötzlich laut
gekracht

da hat der miese Drecksarbeiter, sein Schandmaul
aufgemacht

„Lügner!" schrie er, „Intrigant! Wahlkampfstrategie!

Ich bin Ministerpräsident – sowas tat ich nie!"

Nach kurzer Zeit schon kam´s heraus – wer Drähte
da gezogen

ihr Statement, lieber Präsident, war durch und durch
gelogen

So schien der einstmals starke Mann, langsam zu
verblassen

von denen, die ihm einst gefolgt, schnell im Stich ge-
lassen

verzweifelt, hoffnungslos allein – wird reiner Tisch
gemacht

am Ende ein Partei-Skandal

         – hat er sich umgebracht
         (oder: hat man ihn umgebracht?)

Des Helden Zeit

Vergangen ist des Helden Zeit

wo er zur Heldentat bereit

alles vorbei – die Zeit ist um

vor lauter Taten Rücken krumm

Was war das für ein stolzer Recke

nie war zu hoch die höchste Hecke

die`s einstmals zu erklimmen galt

jetzt ist der Recke nur noch alt

Träumt oft von damals – kämpft im Traum

ist beim Erwachen nur noch Schaum

der früher mal sein Knappe war

kämpft heut als Recke wunderbar

Doch jetzt schon hört man wie es schallt

auch dieser Recke wird mal alt

Die Koffer sind bereit

Schon geplant und doch noch ewig weit

Träume werden vorausgeschickt – dafür ist massig
Zeit

Dass es toll werden wird, ist uns jetzt schon klar

hoffentlich so schön, wie letztes Jahr

Wenn es nur endlich so weit wäre – und die Sonne
wieder lacht

dass die Zeit des Packens da ist – man im fremden
Bett erwacht

Süße Düfte in der Nase

Meeresrauschen in den Ohr´n

diesmal bleibe ich für immer hier

habe ich mir schon öfter geschwor´n

Bis es soweit ist – zieht noch so mancher Tag ins
Land

wird noch reichlich Schweiß verrinnen – arbeits-
schmutzig meine Hand

Doch die Koffer stehen schon – marschbereit im Flur

braucht der Urlaub nur noch kommen – es Sommer werden nur.

Du wirst groß

Zwei Dutzend und noch ein paar Jahr`
sind seit der Zeit vergangen
als deine Mutter schwanger war
und eines Tages dich gebar
am Nabel bist gehangen

Die Zeit vergeht und du wirst groß
kannst ganz alleine stehen
wo ist das kleine Mädchen bloß
das sich gesetzt auf meinen Schoß
dem ich gelernt hab gehen

Die gibt's nicht mehr – ist anders jetzt
zieht Frauenkleider an
sich Flöhe in den Kopf gesetzt
die Nabelschnur schon längst zerfetzt
hängst jetzt an einem Mann

Der Erste war`s – und gleich ganz fest

nicht glauben hat man`s wollen

sofort gebaut ein eignes Nest

die Zeit erledigt jetzt den Rest

nun – so hat´s halt kommen sollen......

Ego

Viel gibt es, das zu schreiben lohnt
manch Kummer in den Herzen wohnt
traurig, einsam, ohne Glück
find ihn nicht, den Weg zurück

Manch Fingerzeit versteh ich nicht
manch Lächeln auf des Freunds Gesicht
seh` Hilfestellung ewig weit
zum Eingeständnis nicht bereit

Denn ich bin der, der Fehler macht
und über andrer Fehler lacht
fast übermenschlich scheint zu sein
grad deshalb fürchterlich allein

Geh auf mich zu, gib mir die Hand
das ist ein Weg, der mir bekannt

zu träumen wag ich – leben nicht

bedeutet viel zu viel Verzicht

Verzicht auf Ego, Ich-sein-Denken

kann mich nicht jedermann verschenken

an Einsicht fehlt`s, ich weiß genau

werd` trotzdem aus mir selbst nicht schlau

So mach ich fort, wie eh und je

selbst wenn ich ganz alleine steh

fühl ich mich meistens noch im Recht

auch nicht schlecht!

Für Großvater

Ich wünsch dir alles Gute, kann deinen Kummer gut
verstehen

wenn alle anderen lustig sind, würdest du am Liebsten gehen

Geburtstag hast du und erkennst, ein ganzes Jahr ist
um

die Augen immer schlechter, der Rücken langsam
krumm

Die Jahre liegen auf den Schultern, wie tonnen-
schwere Last

doch macht das Leben keinen Halt, die Zeit kennt
keine Rast

Vieles, was du erlebt hast, beschäftigt dich an diesem Tag

doch 70 Jahre, was ist das schon, gegen einen Tag
Müh` und Plag`

Jetzt ist es soweit, dass all kommen, um dir zu gratu-
lieren

jeder will seinen Spruch loswerden, um dir zu impo-
nieren

Für dich ist das ein Mords-Theater, hättest lieber
deine Ruh
doch dies ist mein Geschenk für dich, drum hör mir
bitte zu

Mit Geschenken bist du überhäuft, fast peinlich was
ich dir gib
es kostet kein Geld, ist nicht pompös, es ist halt nur
ein Lied

Für mich bist du viel mehr als nur ein Opa – ich
glaub, das weißt du schon
ich möchte es trotzdem nochmal sagen – ich hoffe im
rechten Ton

Mein Musiktalent hab ich von dir – hab viel von dir
gelernt
hab mich stets wohlgefühlt bei dir – hab mich an dir
gewärmt

`Nen ganzen Haufen Eigenheiten – habe ich von dir
von ganzem Herzen, lieber Opa, dank` ich dir dafür!

Gern gewesen wäre ich schon

Gern gewesen wäre ich schon
vielleicht bloß einmal – oder doch zweimal
nun schau mich an, mein lieber Sohn
sollen hat es nicht sein – kein Mal

Es wäre etwas gewesen – vorn neben dir
mit Leuten zu Füßen – hier wegen mir
ein Lied auf den Lippen – Gitarre bei Fuß
im Applaus sich zu bücken – den Fans einen
Kuss

Im Raunen der Menge – erhebend und frei
noch zehn andere Sieger – ich mit dabei
den Coach auf den Schultern – vom Sieg noch
betäubt
wo jeder mir jubelt – von Toren erfreut

Grenzer-Frust

Das Pferd das selten Hafer fraß

der Puckel ihm im Nacken saß

wo Böcke, Frösche oft hofiert

das Chaos längst schon programmiert

Wo niemand richtig weiß was recht

zu machen richtig oder schlecht

so mancher manche Schaufel fing

Grenzpolizei Selb und Schirnding

Wo Bayernfahne weht im Wind

wo viele Bauern Knechte sind

wo Dienstschluss ist wie Paradies

wo früher sich`s gut leben ließ

Go west – die Großparole heißt

bevor man sich den Schwanz abbeißt

wo Kniebohren in und Meinung out

ertönt oft heimlich – aber laut

Der Ruf nach Willensäußerung
bloß schert sich leider keiner drum
von unsern hochdotierten Herrn
da niemand sieht des Pudels Kern

Doch geht den braven Bürgersmann
die Grepo-Scheiße gar nichts an
wird überprüft sein Reisepass
von dem, wo innen lodert Hass

Auf einen der schon mehr erreicht
obwohl die Kriechspur auch nicht leicht
zum schnellen Vorwärtskommen dient
obwohl man brave Miene mimt

Doch Schicht für Schicht erreicht der Frust
bei vielen die Betriebs-Unlust
so lässt sich hängen mancher gern
sieht Schirnding lieber nur von fern

Helm ab

Männer – Helm ab zum Gebet
weil dort vorn ein Priester steht

Waffenweihe – Gottes Segen
unterm Rock Gewehr und Degen

Hände falten – Demut zeigen
und zum „Vater unser" schweigen

Dann das Kreuz – das Gotteszeichen
und jetzt schnell die Front erreichen

In Bruderhass und Nächstenliebe
sind versteckt des Menschen Triebe

Helm auf in dem Schützengraben
überlebt, seit ein paar Tagen

Doch wir werden`s sicher schaffen
mit Gottes Wort und unsern Waffen

In allen meinen Träumen

In allen meinen Träumen, sehne ich mich

nach etwas, was ich selbst nicht weiß

keine Ahnung, wie es aussieht, wie es riecht, wie schön es ist

ist es vergänglich oder etwas was mir bleibt?

Ist es ein Mädchen, Freiheit, Macht oder Geld?

Was mich nachts so sehr bewegt

ist es Erfolg, ist es Liebe – frag mich besser nicht

niemand kann mir helfen, diesen Traum zu versteh´n!

Ich weiß, dass mir etwas fehlt das ich brauche

etwas, um alles andere zu versteh´n

die Dinge, die passieren ohne Ende

die sich in meinem Kopf ewig dreh´n

Gestern noch Liebe – heute schon Hass

wer hat denn Spaß daran?

Wir töten, stehlen, lügen uns an

Ich finde keine Antwort, auf das was passiert

muss alles etwa so sein, wie es ist?

Doch das kann ich nicht glauben, vielleicht begreif
ich es nur nicht

ich seh` wenig Sinn in diesem Spiel

Es muss doch einen geben der die Macht hat

die Macht, um Unrecht einzustellen

die Macht, die jedem Freude gibt, andere zu ver-
steh`n

damit alle vom Glück ein Bisschen seh´n

Weißt du, was ich meine, mit dem was ich hier
schreibe?

Siehst du – du weißt es eben nicht!

Keiner gibt eine Antwort – auf Sorgen oder Leid

obwohl es keinem im Innersten entspricht

So leb´ ich ohne Antwort einfach weiter

versuche es zu nehmen wie es ist

doch wenn es einen gibt, der für uns da ist

dann bitte, kümmere Dich um mich!

Interesse

Gestern wieder einmal telefoniert
einfach so – zum Geburtstag gratuliert
hab´s beim Reden plötzlich dann kapiert
dass mich ziemlich viel von dir interessiert

Irgendetwas – das mich zu dir hinzieht
als ob durchs Telefon ´was Seltsames geschieht
lang noch hinterher an dich gedacht
über dich sehr viele Gedanken gemacht

Niemals zusammen und doch sehr vertraut
es könntest du sein, die mich ganz durchschaut
der es ähnlich wie mir selber geht
die mich deshalb voll und ganz versteht

Ich möcht´s genauer wissen und mehr von dir
hör´n
mit dir reden, spaßen, ohne jemand zu stör´n

möcht´ gern wissen, was du von mir denkst

ob du mir vielleicht deine Zuneigung schenkst

Hast du Zeit, mit mir Essen zu gehen?

Hast du Lust mir in die Augen zu sehen?

Oder bilde ich mir etwa nur ein

mehr als ein Bekannter zu sein?

Irgendwas ist gestern passiert

hätte ich es doch schon öfter probiert

dich zu hören, sprechen, sehen und noch mehr

dich als Freundin nur – fällt mir langsam schwer

Kann schon sein, dass mein Gefühl trügt

meine Seele meinen Kopf nur belügt

ich dich missverstehe – alles ist verkehrt

einen Versuch jedoch – das ist es wert!

Kein stiller Ort

Hygiene als 'ne Bürgerpflicht
zählt hier in Schirnding leider nicht
ob „größer" oder nur mal „Pippi" machen
hier kannst du nicht 'mal Hände waschen

„Leider, leider, das tut mir so leid.
Ich sag doch gleich dem Bauamt Bescheid!"
Sobald wie möglich, vielleicht auch sofort
bekommt dieses Haus hier 'nen „stillen Ort"

Doch all diese Worte – verhallt schon längst
du ärgerst dich nur, wenn du nachfragst und
denkst
Versprechungen bloß – ohne Wahrheit und
Sinn?!
Die machen das schon – die kriegen das hin...

Mensch und Mauer

Der Mensch ist unbegreiflich – in allem was er
macht

der eine baut 'nen großen Turm – der and're einen Schacht

der Dritte baut 'ne Mauer, ganz hoch und ohne
Tor

'nen Wall, wo keiner durchkommt – das kommt
mir dämlich vor

Mir scheint, der hat da etwas vergessen – 'nen
Durchgang oder ein Tor

weil trotz der Mauer gehören wir zusammen

die dahinter und die davor

Der Mensch ist unbegreiflich – baut Grenzen,
Zäune, Mauern

dort steht er dann ganz stolz davor – ich kann
ihn nur bedauern

was er gemacht hat ist ein Schmarrn und mir
nicht einerlei

sich selbst, uns und alle anderen, schränkt die
Mauer ein

Der Mensch ist unbegreiflich – das sieht er endlich ein

macht alle seine Grenzen auf und lässt die andern rein

denn die Mauer ist keine Lösung – hinter der
man sich versteckt

weil alles was dahinter ist, wird von ihr verdeckt

Und allen, die eine Mauer gebaut haben, sag´s
ich ein letztes Mal:

Da passt ´was nicht, da ist ´was faul, Mauern
sind ´ne Qual!

Niemals mehr

Niemals mehr möchte ich traurig sein
und niemals mehr belogen
möcht alle Zeit nur glücklich sein
kein Tadel, nur noch loben

Niemals mehr möchte ich einsam sein
und niemals mehr verlassen
möcht alle Zeit zufrieden sein
und keinen Menschen hassen

Niemals mehr möchte ich zornig sein
und niemals mehr bestimmen
möcht alle Zeit ein Freund nur sein
und nur noch Freude bringen

Niemals mehr möchte ich niemand sein
und niemals mehr vergessen
möcht alle Zeit nur bei euch sein
von Liebe ganz besessen

Niemals mehr möchte ich Sieger sein

und niemals mehr verlieren

möcht alle Zeit Gewinner sein

und niemandem parieren

Niemals mehr – eine Nummer sein

und niemals mehr verletzt

möcht alle Zeiten ICH nur sein

von keinem überschätzt

Sicher ist nur eines

Es gibt so vieles, das ungut ist und schlecht

es gibt so manches Wort, das sich später rächt

Unmengen Sorgen und Ärger – Resignation und
Frust

so manches was du nicht tun willst – trotzdem
tun musst

Du fragst dich oft: Gibt es ein Glück oder gibt es
kein`s?

Darauf sag ich dir: Sicher ist nur ein`s:

Dass Du bei mir bleibst und dass ich dich mag

dass ich mich zuhause fühle – jeden Tag

dass du zu mir hältst – weil ich weiß: Sicher ist
nur ein`s

Es gibt so manchen, der sich tierisch gut ver-
kauft

so manches, bei dem man sich die Haare rauft

viel falsche Freunde und viel Heuchelei

tausend kleine Sorgen – ewig viel Schweinerei

Darum fragst Du dich oft: Gibt es ein Glück?
Gibt es kein`s?

Darauf sag ich dir: Sicher ist nur ein`s:

Dass Du bei mir bleibst und dass ich dich mag

dass ich mich zuhause fühle – jeden Tag

dass du zu mir hältst – weil ich weiß: Sicher ist
nur ein`s

Stell dir vor

Stell dir vor

der Regen fällt sauber aufs Land

der Große führt den Kleinen an der Hand

kein böser Spruch mehr an der Wand

Stell dir vor

Stell dir vor

die Kinder gedeihen ohne Angst

du darfst – und du kannst

dass der Araber mit dem Juden tanzt

Stell dir vor

Stell dir vor

die Tagesschau bringt gute Nachricht

der Vater geht nie mehr zur Nachtschicht

kein Weißer über Schwarze `nen Stab bricht

Stell dir vor

Stell dir vor

dass jeder Mensch die Marseillaise singt

dass das Leben nur noch Freude bringt

dass dein Feind dir freundlich zuwinkt

Stell dir vor

Träume nie vom eigenen Haus

Wenn Menschenkind ein Haus sich baut

so mancher lachend nach ihm schaut

Den Kopf voll Zahlen, Mauern, Schulden

muss er oft bösen Spott erdulden

Wenn´s hinten und auch vorn nicht klappt

das Menschenkind fast überschnappt

Ein jeder hat `nen bessern Rat

doch keiner hilft ihm bei der Tat

So steht allein das Menschenkind

und durch den Rohbau pfeift der Wind

Der Frost der hebt das Haus dann an

die Abrissfirma kommen kann

Ein leerer Bauplatz ist der Rest

wenn`s Menschenkind den Bau verlässt

Drum denke Kumpel, halt dich raus

und träume nie vom eig´nen Haus

Traumgestalt

Wenn im Traum du mir erscheinst, dann bin ich
froh

hab´ dich schon ´mal gesehen – irgendwo

kann nur nicht sagen wo und wann es war

doch die Träume mit dir find´ ich wunderbar

Wenn du die Arme öffnest und mich sanft be-
grüßt

mir im Traum so manche Nacht versüßt

dich mit Liebe um mein Innenleben sorgst

und mich selbst am nächsten Morgen noch ver-
folgst

Wär´ mir wichtig – wer im Traum mich so bewegt

wer am Tag in meinem Kopf als Bild ´rum-
schwebt

ob´s dich wirklich gibt – oder nur bei Nacht

oder hab ich mir ein Traumbild ausgedacht?

Die ich kenne, hab ich verglichen – wer könnt´s
sein?

Doch keine passt so recht ins Bild hinein

vielleicht ist es die? Nein, die ist es nicht

wüsste ich bloß, dein wirkliches Gesicht

Manchmal versuch ich's und fang zu träumen an

ob ich dein Gesicht kurz festhalten kann

gelingt mir nie – bin oft schon erwacht

hab mir aus Neugier – den Traum kaputt gemacht

Ums Leben gerannt

Durch den dichten Wald schleicht ein finst´res
Gesicht

im Schatten der dunklen Nacht – sieht man es
nicht

zwischen Bäumen und Sträuchern versteckt

ist von denen die ihm folgen, längst nicht ent-
deckt

Stet um vorwärts - ohne Richtung und Ziel

weiß von denen, die er hinter sich spürt, nicht
viel

kann nicht einmal sagen, warum man ihn hetzt

weiß auch nicht, ob sie ihn kriegen werden – zu
guter Letzt

So huscht er voran, nur noch Zweifel und Wut

bloß noch keine Dämmerung - Dunkelheit tut
gut

welcher Stern ist es, der ihm zeigt den Weg

wenn einer ganz verlassen ist – im Fadenkreuz
steht

Morgendämmerung und Waldrand zugleich

vielleicht doch, das Ziel noch erreicht

der erste Sonnenstrahl streicht über das Land

noch 'mal davongekommen – ums Leben ge-
rannt

Jetzt wo es hell wird, kann aufrecht er geh'n

von den Verfolgern ist niemand zu seh'n

keiner zeigt ihm das wahre Gesicht

in öffentlicher Helligkeit

-treibt man keinen Einzelnen

-macht keine Meute Jagd auf ihn

-gibt keiner zu, Jäger zu sein

-meuchelt man nicht......

Vergessen zu sein

Ziemlich verlassen und ziemlich allein
schwer zu begreifen – vergessen zu sein

Gestern noch überall, heut` nirgendwo
selten mehr glücklich – selten mehr froh

Frühere Freunde gehen grußlos vorbei
ganz ohne Bindung, erbarmungslos frei

Vergangene Liebe – entschwundenes Glück
mutlos und einsam – fallen Schatten zurück

Geist und auch Körper, betrogen und leer
Ruine von Leben, vergangenheitsschwer

Erdrückend die Drohung, nur Dunkel kein Licht
ohne Erwartung – nur Kummer in Sicht

Versperrt jeder Ausweg, pulverisiert

jeder Funke von Nähe, sterilisiert

Allein gegen alle, kein Gegner, kein Ziel

trauriges Dasein, beklemmendes Spiel

Verübelter Wechsel

Vergessen all die Siege, die ich für euch errang

wo ich gekämpft, um jeden Ball, viele Jahre lang

vertrocknet längst – vergoss´ner Schweiß – gab
selten einmal auf

so manche Mühe -unbeachtet- nahm ich oft in
Kauf

Solang du da bist -völlig klar- gehörst du mit
dazu

spiel nur schön mit, begehr nicht auf – lässt man
dir deine Ruh`

doch wehe dem, der anders wird – begründet
euch verlässt

den hätt` man am liebsten nie gekannt und hasst
ihn wie die Pest

Vergessen die Erfolge – sechs Freund sollt ihr
sein

sei schuld an einem Missgeschick und schon
bist du allein

was and´re täglich machen, steht man dir längst
nicht zu

Kumpane sind die Andern – gebraucht aber
wirst du

Erkannt und Konsequenz gezogen – woanders
suchst dein Glück

begreifst das es dort genauso ist – schaust ohne
Zorn zurück

verstohlen, manchmal neidisch – wo Freundschaft du siehst

guckst hin und dann gleich wieder weg – die
Laune vermiest

Weil es mir dort gut geht

Wo treibst es mich an Land? Wo wird mein Leben Wurzeln schlagen?

Wann finde ich den Pfad – auf dem ich ohne Angst gehen kann,

der mich durchs Dickicht führt – über Schluchten, durch Wald

der mich ins Licht hinausgeleitet – auf die blühende Wiese

In die Sonne
- wo ich bleiben kann
- wo ich bleiben möchte
- wo ich bleiben darf
- weil es mir dort gut geht

Eine grüne Wiese – mit ringsherum Wald

mit vielen Blumen und viel Gemeinsamkeit

Ich träum` von netten Menschen, von Natur und
von mir

und einem friedvollen Lächeln – stumm von dir

Dort in der Sonne

- wo ich bei Dir wäre
- mit Dir bleiben möchte
- bei Dir bleiben darf
- weil es mir dort gut geht

Wie gut, dass es Weihnachten gibt

Immer wieder, zur Jahreswende
kurz vor dem Dezember-Ende
zieht der Glühweinduft durchs Haus
kramt man Christbaumkugeln 'raus
staade Zeit – gehasst, geliebt
wie gut, dass es Weihnachten gibt!

Adventskranz-Leuchten, überall
Geschenkekörbe – voll und prall
hektisch in Geschäfte rasen
schnell das Weihnachtsgeld verprassen
stille Zeit – ganz schnell versiebt
wie gut, dass es Weihnachten gibt!

Plätzchen backen – Christbaum schmücken
Weihnachtsstollen en Masse verdrücken
Lebkuchen fressen – Punsch versaufen
Präsente für die Kinder kaufen
Kaufrausch den Advent besiegt
wie gut, dass es Weihnachten gibt!

Was kauf ich meiner Oma bloß?

Das Geld ist knapp, die Wünsche groß

den Kerzenständer schnell noch suchen

ich könnt` den ganzen Schmarrn verfluchen

jeder wünscht und jeder kriegt

wie gut, dass es Weihnachten gibt!

Die Firmen schließen, nach und nach

uns geht es schlecht – dass ich nicht lach!

Fast jeden Tag ´ne Weihnachtsfeier

Geheuchel - stets dieselbe Leier

dass einem fast der Hut wegfliegt

wie gut, dass es Weihnachten gibt!

Tanne oder Fichtenbaum

schnell nochmal die Frau verhau´n

denn Weihnachten tut man das nicht

da zeigt man sein Schönwetter-Gesicht

Gefühl und Harmonie sind jetzt beliebt

wie gut, dass es Weihnachten gibt!

Wer fragt schon nach den Hungerleidern
und jugoslawischen Kriegsbetreibern
wen kümmert in der Weihnachtszeit
ob´s Obdachlose zu Tode schneit
unpassend, nervig – ausgesiebt
wie gut, dass es Weihnachten gibt!

Wer seinen Braten will genießen
lässt sich von Kummer nicht verdrießen
schiebt Elend, Armut schnell beiseite
was kümmert mich die Welt, die weite
man schnell das Christkind vor sich schiebt
wie gut, dass es Weihnachten gibt!

Ein ganzes Jahr lang drauf gewartet
Anfang Dezember durchgestartet
der Niklaus kommt, Knecht Rupprecht auch
geliebter, schöner, netter Brauch
das Christkind sich an Engel schmiegt
wie gut, dass es Weihnachten gibt!

Der Tag der Tage – Heiligabend
rührseelig an Weihnachten labend
vergisst man schnell der Stress von Wochen
hat man erst Kerzenduft gerochen
oder ist es doch schon abgeliebt?
Wie lang´s wohl noch Weihnachten gibt?

Wird's bald Sommer?

Es ist noch trübe draußen – keine Sonne, noch
Schnee

will einfach nicht wärmer werden – tut in der
Seele schon weh

es scheint so, als wolle das Wetter zum Selbstmord animieren

ab sofort wird es ignoriert – es muss etwas passieren

Ich kauf mir eine Badehose – vielleicht wird's
dann Sommer

ich geh in die Eisdiele – vielleicht wird's dann
warm

ich blase mein Schlauchboot auf – schnell ab
ans Meer

Sommer, Hitze, Sonne – zwing ich so einfach
her

Denkste…

Noch immer nicht schöner draußen – schon ein paar Tage vorbei

muss ich es halt nochmal probieren – Versuch Nummer zwei

langsam muss der Wettergott doch reagieren

vorsichtshalber fange ich an, Sonnenöl zu schmieren

Hilft auch nichts....

Immer noch grässlich draußen – keine Sonne in Sicht

jetzt werde ich aber ungeduldig – nein, so geht es nicht!

Ab ins Reisebüro und Sommer gebucht

hab´s lange genug - ehrlich versucht!

Hintergründe / Erläuterungen

zu den Gedichten

Bedenke, dunkler Bruder
©DS/1991

„Bedenke, dunkler Bruder" schaut dem Volk aufs Maul bzw. ins Hirn. So redet, so denkt der Mann auf der Straße über seinen Nachbarn, den Gastarbeiter aus der Türkei.

Das Gedicht wurde vor über 25 Jahren geschrieben und hat bis heute nichts von seiner Aktualität verloren.

Höchstens möglich, dass die Meinung des „Volkes" über die Gastarbeiter noch etwas krasser geworden ist....

Bedürfnisse verlangen ihr Recht
©DS/1988

Um- und Neubau eines Polizei-Dienstgebäudes. Während für den Publikumsverkehr eine Toilette eingerichtet wurde, musste sich die Belegschaft dieses eine WC mit allerlei Reisenden teilen. Wochenlang. Wenn dann gar die Fahrgäste eines vollbesetzten Reisebusses aufs Klo wollten, musste die Mitarbeiter der Polizei im wahrsten Sinn des Wortes ihr Bedürfnis verdrücken.

Das Wort Hygiene sollte bei diesem „Massen-WC" besser nicht in den Mund genommen werden.

Da kommt das her...

©DS/1986

Selbstzweifel, aufkeimende Depressionen, Fehlererkenntnis, Schwermut.

Nur: Zu wissen „Wo das herkommt" ändert die Situation noch lange nicht....

Das Kasernen-Gedicht

©DS/1976

Gedanken eines 18-jährigen Gymnasiasten, der während der Ausbildung zum Polizisten in eine Kaserne der Bereitschaftspolizei (BePo) eingezogen wird.

Militärischer Drill, Gleichschaltung und vor allen Dingen Heimweh prägen das „Kasernen-Gedicht".

Noch zwei Erklärungen: „UvD" ist der Unterführer vom Dienst; der „Spieß" ist der organisatorischer Leiter und die graue Eminenz einer Hundertschaft.

Das kann der Sinn nicht sein
©DS/1979

Während die Mächtigen dieser Welt über den NATO-Doppelbeschluss diskutieren, Pershing- und SS20-Raketen abschussbereit installiert werden, verhungerte in Äthiopien jede zweite Minute ein Kind...

Das Südtirol-Geschenk
©DS/1987

Eine Clique von zwölf Personen verbrachte den Pfingsturlaub 1987 zusammen an der Cote d`Azur. Silvester sollte es dann gemeinsam nach Südtirol gehen, was Ulla, einer von uns, aus finanziellen Gründen nicht möglich war. Darum schenkten wir Restlichen zum Geburtstag Bares und konnten so alle zusammen den Jahreswechsel feiern. Feuchtfröhlich....

Der Denunziant

Es gab -und gibt- wohl nicht nur im Polizeidienst
so einige, die anstatt über persönliche Leistung,
über Denunziantentum nach oben kommen wollen. Leider gibt es tatsächlich Menschen in Füh-
rungspositionen, denen Denunzianten durchaus
willkommen sind und die solche ehrrühriges
Handeln tatsächlich noch fördern.

Der Polizei-Neubau

Beim Neu- und Umbau eines Dienstgebäudes
schien sich ein Architekt im finanziellen Über-
fluss, sprich an Steuergeldern, ausgetobt zu haben. So wurden zwar übelst teure Materialien
verbaut, Sinnhaftig- und Zweckmäßigkeit stan-
den aber bei den Planungen kaum Pate.

Anregungen aus der Gruppe der dort Beschäf-
tigten, das eine oder andere zum Wohl der Ar-
beitsabläufe zu korrigieren, wurden maximal be-
lächelt. Und das Schlimmste an der Sache:
Letztendlich wird so ein Behördenbau noch (poli-
tisch zwangs-)bejubelt und als gelungen darge-
stellt.

Gravierendste Änderung für die Beamten: Ein ei-
gener Getränke-/Bierautomat im Keller, bestückt

mit EKU-Pils. So blieb zumindest der Bier-hol-Gang zum Zoll (dort gab es Nothaft-Bier) erspart...

Der Präsident

©DS/1987

Der CDU-Politiker Uwe Barschel, Ministerpräsident von Schleswig-Holstein, wird am 11.10.1987 tot in seinem Genfer Hotelzimmer aufgefunden. Selbstmord – oder Mord/Hinrichtung? Der Sachverhalt ist bis heute nicht restlos aufgeklärt, Fakten sprechen jedoch mehr für die zweitgenannte Variante. Uwe Barschel war in einen massiven Polit-Skandal mit Bespitzelung, Bestechung etc. verwickelt.

Des Helden Zeit

©DS/1993

Welcher scheinbar ewig junge Athlet hat nicht ab einer gewissen Anzahl von Lebensjahren mit dem Älterwerden zu kämpfen? Irgendwann übernehmen die Lehrbuben die Position des Meisters. Aber auch Lehrbuben werden älter.

Die Koffer sind bereit

Vorfreude auf den Urlaub. Hinträumen, bis es endlich losgeht.

Du wirst groß

Die Geschichte eines Mädchens, im Zeitraffer erzählt. Vom Kleinkindalter bis hin zur erwachsenen Frau. Ein Geschehen, unter dem so mancher Vater zu leiden hat.

Ego

Wenn zu viel Selbstbewusstsein und ausgeprägter Egoismus zur Einsamkeit führen, beginnt -zumindest kurzfristig- das Nachdenken.

Um Hilfe von Freunden anzunehmen zu stolz, um sich zu entschuldigen zu rechthaberisch – bleibt letztendlich nur mehr der alte Egoist übrig.

Für Großvater

©DS/1982

Ein Gedicht, als Geschenk zum 70. Geburtstag. Ich habe ihn geliebt, diesen weisen, eigensinnigen, herzlichen Mann. Leider, viel zu spät, habe ich Beweggründe und Verhalten von Opa verstanden. Tausend Fragen hätte ich noch an ihn. STS besingen ihn treffend, den „Großvatter".

Gern gewesen wäre ich schon

©DS/1995

In drei Versen der Versuch, dem Sohn die eigenen Wünsche/Träume zu erklären. Vers zwei erzählt den Traum vom Musik-Star, dem die Fans zujubeln.

Vers drei drückt den Wunsch nach großem sportlichen Erfolg, in einem gefüllten Stadion, im Kreis einer (Fußball-)Mannschaft aus.

Grenzer-Frust

©DS/1989

Das niederschmetternde Betriebsklima einer Grenzpolizeistation. Druck, Intrigantentum, diktatorische Verhältnisse, Meinungsverbot. Innerhalb kurzer Zeit „gelang" des den (neuen) leitenden Beamten, die Belegschaft von Lust und Freude an der Arbeit auf völlige Unlust „umzupolen".

Noch ein paar Worterklärungen:

Ein Pferd – wir nannten unseren Chef „Flicka"

Puckel – der Chef-Vertreter, der nur „puckelte"

Böcke und Frösche – Spitznamen für die Chefs aus Selb

Schaufel fangen – gemaßregelt werden

Bauern, Knechte – drei Mitarbeiter hießen Bauer

Helm ab
©DS/2001

Die Abartigkeit, im Gebet wegen eines bevorstehenden Kriegseinsatzes Gottes Beistand zu erflehen, wird mir wohl immer unverständlich bleiben. Wie kann ich Waffen segnen lassen, die demnächst Menschen töten werden bzw. sogar sollen. Wie kann ich Gott um Hilfe bitten, für das Ziel von Tod und Vernichtung.

Wie viele Soldaten fragen sich das? Wie kann die Kirche solches unterstützen?

In allen meinen Träumen
©DS/2000

Gedanken eines ewig Suchenden. Wo findet er Erklärungen für die Geschehnisse auf dieser Erde? Gibt es einen Gott? Gibt es etwas Übernatürliches? Was sollen die Träume bedeuten? Wer kann helfen? Wird es jemals Antworten auf die Fragen des Lebens geben?

Interesse

©DS/1989

Gib es so etwas? Man trifft jemanden zum ersten Mal und meint, die Person schon ewig zu kennen? Man redet zwei Worte – und fühlt sich enorm hingezogen? Einbildung – oder beruht dieses Gefühl sogar auf Gegenseitigkeit?

Kein stiller Ort

©DS/1989

Ein weiteres Gedicht über die Bau- und Umbaumaßnahmen des neuen Polizeigebäudes. Toiletten für die Bediensteten? Fehlanzeige. Beamtenstaat....

Mensch und Mauer

©DS/1989

Unmittelbar nach der Grenzöffnung, als noch niemand wusste wie es mit DDR, Mauer und Deutscher Teilung weitergeht, ist dieses Gedicht entstanden. Reime, die ursprünglich als Liedtext gedacht waren.

Niemals mehr

©DS/2004

Alles, was man sich an hehren Dingen wünschen kann, ist hier ausgedrückt. Und am Ende die Hoffnung, einfach nur „ich" sein zu dürfen.

Sicher ist nur eins
©DS/1993

Egal, wie das Leben läuft. Egal, über wen wir uns ärgern. Egal, was alles passiert. Sicher ist nur eins: Bei Dir bin ich zuhause!

Stell dir vor
©DS/1994

Ziemlich schöne Vorstellungen, die in dem Gedicht angesprochen werden. Vielleicht werden einige davon ja tatsächlich wahr... Stell dir vor...

Träume nie vom eigenen Haus
©DS/1990

Als Bauherr, besonders wenn es schiefgeht, hat man schnell spöttisches Gerede im Nacken.

Und die Moral von der Geschicht`: Baue nicht!

Traumgestalt
©DS/1996

Viele Jahre lang ist mir eine unsagbar weiche, zarte, erfüllende Frau um Traum erschienen.

Manchmal mit täglicher/nächtlicher Wiederho-
lung. Und stets war das Erwachen eine Enttäu-
schung, die Realität zu real. Nur: Ein Gesicht
dieser Traumgestalt habe ich nie gesehen. Ich
weiß bis heute nicht, wer sie sein könnte...

Ums Leben gerannt
©DS/1992

Es scheint zur menschlichen Natur zugehören,
in der Masse stark zu sein. Versteckt unter
Gleichgesinnten, im Dunkel der Nacht, wagen
wir, den vermeintlichen Sündenbock zu jagen.
Bestenfalls zur Strecke zu bringen. Bei Tages-
licht aber und in der Öffentlichkeit, leben wir die
bürgerliche Moral vor.

Vergessen zu sein
©DS/1995

Depression pur? Allein, verlassen, einsam und
ohne jede Perspektive.

Verübelter Wechsel

©DS/1991

Wer als Leistungsträger in eine Sport-Mannschaft geholt wird muss funktionieren. Siege einfahren. Freunde sind die Einheimischen, die Angestammten. Wechselst du den Verein, schlägt dir schnell massive Ablehnung entgegen. Nur – überall wo du hinkommst, herrscht das gleiche System.

Weil es mir dort gut geht

©DS/1988

Wer träumt ihn nicht, den Traum vom Paradies? Einem Paradies, in dem DU am Ende wartest. Weil es mir dort gut geht....

Wie gut, dass es Weihnachten gibt

©DS/1993

Ein kritischer Blick auf die geheuchelten Wochen im Dezember. „Alle Jahre wieder" lullen wir uns selbst ein und vergessen Kummer und Leid um uns herum. Selbstbetrug. Wie lange noch?

Wann wird´s Sommer
©DS/1993

Der Versuch, den Sommer herbeizulocken. Nur
– es hilft alles nichts. Zum Schluss wird
(zwangsläufig?) ein Flug in die Sonne gebucht.

Zeitfracht Medien GmbH
Ferdinand-Jühlke-Straße 7
99095 Erfurt, Deutschland
produktsicherheit@kolibri360.de